Virulente Geschichten

... alles begann mit einem Satz

VHS Wehr (Hrsg.)

Virulente Geschichten

... alles begann mit einem Satz

Impressum

Bibliografische Information der Deutschen
Nationalbibliothek:
Die Deutsche Nationalbibliothek verzeichnet diese
Publikation in der Deutschen Nationalbibliografie;
detaillierte bibliografische Daten sind im Internet über
http://dnb.dnb.de abrufbar.

© 2021 Neuauflage, VHS Wehr (Herausgeberin)
Ko-Lektorat: Petra Gabriel
Autorinnen: Fatima Zobeidi-Weber, Elena Schellhorn,
Anna-Lena Weber, Heike Scheidhauer, Kerstin Ott,
Barbara Kammerer, Renate Griesser, Katja Hagemann,
Nina Karle, Katharina Koch
Titelbild: pixabay
Umschlaggestaltung: Carina Wanowski, Fatima Zobeidi-
Weber

Herstellung und Verlag: BoD – Books on Demand,
Norderstedt
ISBN: 9783754327975

Inhalt

Vorwort 9
CarinaWanowski (VHS Wehr)
Vorwort 11
Petra Gabriel
Victors Geheimnis 13
Fatima Zobeidi-Weber
Mitten im Leben 19
Elena Schellhorn
Was wäre wenn: jetzt oder nie 23
Anna-Lena Weber
Goldene Hochzeit 29
Heike Scheidhauer
Auf dem Weg 35
Kerstin Ott
Er, es, sie 39
Barbara Kammerer
Der leere Fleck - Corona sei Dank 43
Renate Griesser
Der goldene Elephant 49
Katja Hagemann
Von der Freiheit..59
Kerstin Ott
Von der Magd zum Geist...........................67
Nina Karle
Irma sitzt im Zug.......................................77
Katharina Koch

Die Autorinnen 86

„Schreiben heißt, sich selber lesen"

Max Frisch

Vorwort

Unsere Volkshochschule ist ein kleines, aber feines Zentrum der Erwachsenenbildung. Sie orientiert sich an den Bedürfnissen der Bewohnerinnen und Bewohner Wehrs und ist gut mit Einrichtungen und Vereinen der Stadt und des Umlandes vernetzt. Unsere VHS ist ein Ort des Lernens und der Begegnung. Wir sind weltoffen und zugleich fest mit Wehr verbunden. Lebenslanges Lernen, Neugier, Vielfalt und Innovation sind für uns genauso wichtig wie Tradition und Heimatverbundenheit im besten Sinne des Wortes.

Die Corona-Krise als Chance neue Wege zu gehen: Lieber digital als isoliert!

Unter dem Stichwort „Erweiterte Lernwelten" beschäftigten wir uns besonders ab dem Frühjahr 2020 intensiv damit, wie wir unseren Teilnehmenden in dieser besonderen Zeit Alternativen zum Präsenzunterricht bieten können. Doch welche Kurse sind online möglich? Schließlich lebt unsere Volkshochschule von den Begegnungen und Anleitungen im Kurs. Nicht umsonst ist unsere VHS stolz auf die zahlreichen treuen Kursleitenden und Teilnehmenden, in deren Kurse Freundschaften entstehen.

Begegnung in den virtuellen Raum zu verlegen, war die besondere Herausforderung. Wichtig war uns vor allem, den Kontakt zwischen unserer Volkshochschule, unseren Kursleitungen und den Teilnehmenden nicht abreißen zu lassen. Ebenso wollten wir durch die regelmäßigen Kurstermine dazu beitragen, dem Alltag, der sich für viele Menschen durch Home-Office oder Kurzarbeit verändert, Struktur zu geben.

Das Projekt der Online-Schrcibwerkstatt zeigte sich als ideales erstes Projekt im digitalen Bereich. Ein halbes Jahr später entstand sogar ein zweiter Kurs, der genauso erfolgreich stattfand. Um Texte schreiben zu können, braucht es meist einen ruhigen Moment, um die Texte zu optimieren und zu besprechen, braucht es eine funktionierende Gruppe und für den ersten Satz braucht es die Anleitung einer erfahrenen Schriftstellerin. In diesen beiden Fällen passten alle Voraussetzungen zusammen und es entstand daraus ein schönes „Denkmal", an diese besondere Zeit!

Dass diese Projekte so erfolgreich liefen und daraus dieses Buch als 2. Ausgabe entsteht, macht unsere Volkshochschule nur noch stolzer! Unser herzliches Dankeschön gilt in erster Linie den Autorinnen, deren Engagement dazu beigetragen hat, dieses Buch zu veröffentlichen sowie der Schriftstellerin Petra Gabriel.

Wehr, Juli 2021
Carina Wanowski
Leiterin der Volkshochschule Wehr

Vorwort

Werte Lesende,

sieben und vier – zwei Kurse, einer mit sieben, der zweite mit vier Teilnehmerinnen: Abenteuer im Kopf sind also immer aufs Neue möglich, egal, wie widrig die äußeren Umstände auch sein mögen. Das haben jene Frauen eindrucksvoll bewiesen, die sich mit mir in der VHS-Schreibwerkstatt für „Virulente Geschichten" online und ohne Erfolgsgarantie auf den Weg nach Fantasien gemacht haben. Alle hatten den Mut, eingefahrene Denkbahnen zu verlassen und sich auf eine Achterbahnfahrt zwischen Selbstzweifeln und Enthusiasmus einzulassen. Die Autorinnen der Geschichten, die sich in diesem Buch finden, stammen aus drei Generationen, zwischen der jüngsten und der ältesten liegen rund 50 Jahre. Jede ist auf ihre ganz eigene Art mit den Zweifeln, der Verunsicherung, aber auch der Freude am Fabulieren umgegangen, wie diese Anthologie zeigt. Es sind erstaunliche, überraschende und wunderbare Geschichten entstanden.

Für mich waren diese beiden Online-Schreibwerkstätten ebenfalls ein Abenteuer. Ich wusste anfangs nicht, ob es virtuell gelingen kann, nicht nur den Kopf, sondern auch den Bauch, die Intuition auf diesem Weg mitzunehmen. Meine Mitreisenden haben es mir mit ihrem Talent und ihrer schöpferischen Begeisterung leicht gemacht. Die Begegnung mit ihnen, die Geschichten, die sie am Ende schrieben, haben auch mich bereichert. Danke dafür. Denn die Erzählungen machen Mut, zeigen, dass es viele Wege und dazu noch sehr individuelle in die Welt der Kreativität gibt.

Danke auch der Volkshochschule Wehr dafür, dass sich sich bereit erklärt hat, als Herausgeberin für die vorliegende Anthologie zu fungieren. Mitarbeiterin Fatima Zobeidi-Weber, darüber hinaus eine der Teilnehmerinnen der ersten Schreibwerkstatt, hat dazu entscheidende Impulse und Hilfestellungen beigesteuert; durch ihre Initiative ist nicht nur der Kurs zustande gekommen, ohne sie und ihr Engagement, gäbe es auch dieses Buch nicht. Die Idee, eine Anthologie aus den dabei entstandenen Kurzgeschichten zu gestalten, kam aus der Runde der Teilnehmerinnen. Für die nun erschienene, zweite Ausgabe haben sich Fatima Zobeidi-Weber und Co-Autorin Kerstin Ott zu einer konzertierten Produktions-Aktion zusammengefunden. Und das, finde ich, ist ebenfalls eine wunderbare Geschichte.

Petra Gabriel

Victors Geheimnis

Fatima Zobeidi-Weber

Sein Magen rebellierte, doch er versuchte an etwas Anderes zu denken. Wütend hatte Selma die Tür zugeschlagen und ihm noch im Hinausgehen zugerufen: „Immer denkst du nur an deine Karriere, was ist nur aus dir geworden? Eiskalt bist du! Ich sehe dich nicht mehr lachen."

Ausgerechnet vor diesem alles entscheidenden Meeting, bei dem es darum gehen würde, ob seine Story über das Flüchtlingslager Moria es auf die Titelseite des renommierten Hamburger Wochenmagazins schaffen würde, in dessen innersten Kreis vorzudringen Clark endlich geschafft hatte, machte sie ihm eine solche Szene. Wochenlang hatte er recherchiert, war vor Ort gewesen, hatte dem Elend, das sich dort abspielte, ins Gesicht gesehen. Aber die Bilder, die er dort machen konnte, waren es wert gewesen. Die Welt sollte nicht weiter die Augen verschließen können vor dieser menschlichen Tragödie.

Doch jetzt gab es nur noch ein Thema: „Corona, Corona, Corona". So ein dämlicher Grippe-Virus machte ihm nun einen Strich durch die Rechnung. War es zynisch, so zu denken, so wie Selma es ihm in letzter Zeit immer öfter vorgeworfen hatte? Sei's drum! Derartigen Ärger auf nüchternen Magen konnte Clark jedenfalls nicht gebrauchen. Die drei Tassen Kaffee machten sich schon auf unangenehme Weise bemerkbar.

Das Klingeln seines Telefons unterbrach Clarks Grübeleien. „Dirk Preis" stand auf dem Display.

Dirk? Sein alter Kumpel aus Studienzeiten? Wie lange hatten sie nichts voneinander gehört? Dirk lebte mittlerweile mit seiner Frau Ute und den zwei Kindern in Bochum, hatte als Redakteur für die Westfälische Rundschau sein Auskommen, und Clark hatte sich insgeheim des Öfteren über dieses spießige Leben mit Doppelhaushälfte und Wohnmobil unterm Carport lustig gemacht. Halbglatze und ein aussichtsloser Kampf gegen den Bierbauch ... Warum Ute sich ausgerechnet für Dirk entschieden hatte?

Was er wohl wollte? Clark konnte seine Neugier kaum bezähmen.

„Hey Dirk", Clark versuchte seiner Stimme einen beiläufigen Tonfall zu verleihen, Dirk sollte ihm seine Aufregung nicht anmerken. „Lange nichts von dir gehört. Habe auch schon öfter daran gedacht, dich anzurufen. Aber du weißt ja, in meinem Job... einfach zu viel Stress. Bin gerade erst von einer Recherchereise von der Insel Lesbos wiedergekommen. Wir arbeiten da gerade an einer Story über ..."

„Halte dich fest!", unterbrach ihn Dirk, „Victor ist wieder da!"

„Was heißt das? Victor ist wieder da? Victor lebt?", Clark gab es auf, die Fassung bewahren zu wollen. „Erzähl schon!"

Während er mit angehaltenem Atem Dirks Bericht lauschte, zogen lang vergessen geglaubte Bilder an ihm vorbei.

Unzertrennlich waren sie gewesen, die drei Freunde: Victor, der, obwohl ein charismatischer Sonnyboy, der größte Idealist von allen gewesen war – Clark hatte ihn insgeheim um diese Kombination aus Leichtigkeit und Tiefgründigkeit beneidet, die ihm stets alle Türen zu öffnen schien. Dann war da der ruhige zuverlässige Dirk und schließlich er selbst, den Freunde und Kollegen als zielstrebig, erfolgreich und gutaussehend bezeichnen würden – keine Ahnung hatten sie, wie hart er an diesem makellosen Image gearbeitet hatte. Gemeinsam waren sie während ihres Studiums durch Dick und Dünn gegangen, hatten sich nächtelang die Köpfe heißgeredet über Politik und Weltgeschehen, darüber, wie man ein erfolgreicher Journalist wird und über Frauen. Und natürlich über Ute ...

Doch dann war Victor spurlos verschwunden. Ja, er selbst hatte Victor zu dieser gemeinsamen Reise in den lateinamerikanischen Dschungel überredet. „Das ist kein Kindergarten", hatte Victor eingewandt, als Clark ihm voller Begeisterung von seiner Idee erzählte. „Mit diesen Typen ist nicht zu spaßen." Doch Clark hatte nicht lockergelassen, bis Victor schließlich einwilligte.

Sogar das Geld für die Reise hatte er Victor gegeben, weil der wie immer abgebrannt war. Gut, das war nicht ganz uneigennützig gewesen. Schließlich verfügte Victor über die entscheidenden Kontakte. Ganz nah waren sie den Rebellen gekommen ...

Doch war er deshalb schuld an der Katastrophe? Die Rebellen hatten nur Victor zu dem Treffen mit dem obersten Rebellenführer zugelassen, hatten ihn abgeholt und mit verbundenen Augen zu dem Geheimversteck des Anführers gebracht.

Währenddessen war Clark im Camp geblieben und schoss die Bilder, mit denen er später so erfolgreich geworden war. Aber Victor war von diesem Treffen niemals zurückgekehrt und blieb verschwunden.

Viele Jahre hatte Clark unter den Schuldgefühlen gelitten, Victor zu dieser Reise gedrängt zu haben und darunter, dass er mit der Story über den verschwundenen Freund als Journalist groß rausgekommen war. Zu immer mehr Leistung hatte er sich selbst angetrieben, wie um sich zu beweisen, dass er seinen Erfolg auch wirklich verdiente. Selma hatte schon recht: er war auf keinem guten Weg …

„Clark, bist du noch dran?", tönte Dirks Stimme aus dem Telefon und riss Clark aus seiner Erstarrung.

„Du hast die ganze Zeit über gewusst, wo Victor steckt?", schrie Clark nun ins Telefon.

„Nein, das wusste ich nicht. Nur, dass er von Deutschland aus die Guerilla unterstützt hat und da in irgendwelche kriminellen Machenschaften verwickelt war. Irgendwas mit Drogen oder Waffen. Jedenfalls musste er untertauchen, sonst wäre er wohl ziemlich sicher in den Knast gewandert."

So also war es gewesen und Dirk hatte die ganze Zeit Bescheid gewusst. Von wegen Entführung! Abgehauen war Victor und Dirk hatte ihm auch noch Geld dafür gegeben!

„Ich muss von hier verschwinden", hatte Victor damals vor der Abreise zu Dirk gesagt. „Ich bin da in eine Sache verwickelt… Es ist besser, wenn du mir keine Fragen stellst. Und du darfst auf keinen Fall ein Wort darüber verlieren. Zu niemandem!" „Und bitte: pass gut auf Ute auf."

Dirk hatte dichtgehalten, all die Jahre lang. Wohl aus Angst, sein beschauliches Leben mit Ute auf's Spiel zu setzen. Ute und Victor, das wäre zwar sowieso nicht gutgegangen, aber dennoch …

„Und du warst ihn los und hast deine Chance bei Ute gewittert", dachte Clark verbittert. „Und mich in dem ganzen Schlamassel sitzen gelassen."

Nachdem Dirk das Gespräch beendet hatte, blieb Clark reglos mit dem Telefon in der Hand sitzen. Doch dann begann er zu lachen, bis ihm die Tränen kamen und er konnte nicht mehr aufhören. Jahrelang war er „der guten Story" hinterhergerannt. Und nun war er selbst Teil von einer. Mit allem was dazugehört: Freundschaft, Liebe, Eifersucht, Lügen und Intrigen ...

Clark lachte und lachte und genoss das Gefühl, wie alle Anspannung von ihm wich.

Wenn nur Selma ihn so sehen könnte ...

Mitten im Leben

Elena Schellhorn

Lieber Norman,

eigentlich wollten wir ja diesen Sommer zusammenziehen. Doch als ich heute morgen auf dem Weg zu dir an der Bäckerei vorbeiging, änderte sich mein Plan. Der neue Plan heißt Pedro und kommt aus Brasilien. Er sagt, auf so jemand wie mich hat er sein Leben lang gewartet. Wohin die Reise geht, weiß ich noch nicht, aber so ein Abenteuer lehnt man nicht einfach ab.

Nun, Pedro wartet und ich wollte noch schnell meine Sachen mitnehmen. Lebe wohl, sei mir nicht böse. Als Trost lasse ich die Brötchen da. Dorothea.

„Mist!" - Norman wischte sich den Rasierschaum aus dem Gesicht. „Hätte ich bloß selbst die Brötchen geholt." In seinem Kopf wirbelte es. Sie kann doch nicht einfach weg sein! Er holte den Espressokocher.

Die Türglocke läutete.

„Dorothea!", stürzte Norman zur Haustür.

„Norman, alter Schwede! Wie lange ist es her, dass wir uns nicht gesehen haben?" Eine Wolke aus Knoblauch, Schweiß und Zigarrenduft umhüllte ihn. Es war nicht das erste Mal, dass sein Schulfreund Camilo auftauchte, wenn alles drunter und drüber ging.

Nach dem zweiten Espresso holte Norman Dorotheas Brief hervor.

„Oh, là, là!" Camilo versuchte ein ernstes Gesicht zu machen, schaffte es nicht und prustete los. „ Ich komme mir vor wie in einem Film. Was soll man da sagen? Ein Glück, dass ich da bin. Echte Freunde halten zusammen. Lass mich überlegen... Doch, ja, die Entscheidung ist gefallen. Komm mit!" Schon war Camilo auf dem Weg zu seinem Auto und zog Norman hinterher. „Eine echte Spanierin... viel Erfahrung mit Menschen..." murmelte er.

Im Wagen schlief zusammengerollt ein Hund.

„Das ist Corona. Ich habe sie gestern in Madrid gefunden und nachts über die Grenze hierhergebracht." Camilo grinste. "Ich wollte schon immer so etwas Heldenhaftes tun."

„So etwas Kriminelles, meinst du wohl. Aber warum heißt sie Corona?"

„Das ist Spanisch. Corona bedeutet Krone. Sie lag entkräftet unter einer Bank in der Nähe vom Königspalast. Gestatten, Ihre Majestät?" Behutsam nahm er mit seinen großen Händen ihren mageren Körper und trug ihn zu Norman in die Küche. „Ich lasse dir Corona da. Kümmere dich gut um sie. Morgen hole ich sie wieder ab."

Es schien, als würde Norman plötzlich erwachen. „Ähm... warte! Das ist nett von dir, aber... Ich habe doch keine Ahnung! Versteht sie nur Spanisch? Gibt es etwas, das ich beachten muss?"

Camilo nickte seinem Freund aufmunternd zu. „Keine Bange. Sie braucht nur Ruhe und gutes Essen." Auf dem Weg nach draußen drehte er sich noch einmal um. „Und sprich mit ihr."

Norman setzte sich neben Corona auf den Küchenboden. Sie blickte zu ihm hoch und legte den Kopf auf die Pfoten. Norman verstand es als Zeichen, dass sie ihm zuhören würde und fing an zu erzählen. Er erzählte von seiner Kindheit, von seinen Eltern und Geschwistern. Von seinen Träumen als Jugendlicher und seinen Unsicherheiten. Corona wedelte mit dem Schwanz und kam näher. Norman genoss ihre Nähe und hatte das Gefühl, sie würde genau verstehen, was er sagt. Er hatte keine Hemmungen mehr und erzählte über seine verpatzten Versuche bei den Mädchen und die versteckten Männertränen abends im Bett. Wie glücklich er war, als er vor einem Jahr Dorothea kennenlernte. Das Leben mit ihr war wie ein Feuerwerk, bunt und laut. Zeit zum Innehalten hatten sie nicht, brauchten sie nicht. Wenn er darüber sprechen wollte, wie es mit ihnen weitergehen könnte, winkte sie ab. Sie wollte sich nicht festlegen. Lediglich das Zusammenziehen fand sie okay, aber erst im Sommer. Und jetzt war sie weg. Hätte er es verhindern können, so verlassen zu werden? Norman spürte einen Kloß im Hals. Ihm war elend zumute. Als würde sie ihn trösten wollen, legte sich Corona in seinen Arm. Norman liefen die Tränen, er war dankbar und unendlich gerührt.

Am späten Nachmittag ging Norman hinaus, Essen zu besorgen. Noch nie war er so schnell vom Einkaufen zurück wie an diesem Tag. Ihm fielen tausend Dinge ein, die er Corona noch erzählen wollte.

Nach dem Essen ruhten sie zusammen auf dem Sofa. Norman dachte darüber nach, wie aufgewühlt er noch am Morgen war. Jetzt spürte er Coronas Wärme und Zuneigung und merkte, wie gut es ihm tat. Ihm wurde bewusst, was für ein Glück er hatte, im eigenen kleinen Haus zu leben. Er war froh, einen Job zu haben. Und einen Freund, der kam, wenn er ihn brauchte. Eine tiefe Zufriedenheit breitete sich in seinem ganzen Körper aus. So musste es sich anfühlen, mitten im Leben angekommen zu sein.

Corona stand auf und setzte sich an die Tür.

Norman verstand sofort. „Das ist eine gute Idee! Ich zeige dir meine Lieblingsstrecke im Wald." Sie gingen nebeneinander her, als würden sie sich schon lange kennen. Es wurde dunkel und der Sternenhimmel leuchtete über ihnen. Norman zeigte Corona die Sternenbilder, wie sie sein Vater ihm gezeigt hatte. Er dachte an die vielen Abende, als er und sein Vater sich auf den Dachboden gelegt und in den Himmel geschaut hatten. Die Erinnerung ließ Norman lächeln, er fühlte sich leicht und sorglos. Er hielt an, kniete sich zu Corona hinunter und flüsterte ihr ins Ohr: „Danke, meine Königin."

Was wäre wenn: jetzt oder nie

Anna-Lena Weber

Was wäre wenn. Diese drei Wörter gehen Franz Müller durch den Kopf, während er seine Laufschuhe anzieht, dann nach seinem Schlüssel greift und seine Wohnung verlässt. Eigentlich führt er ein gutes Leben, denkt er, während er langsam losjoggt. Eigentlich sollte er sich nicht beklagen. Er hat einen sicheren Job, eine eigene Wohnung und seine Eltern sind ebenfalls mit ihm zufrieden. Jetzt hat er auch noch mit dem Joggen angefangen, was will man mehr? Seine heutige Laufroute ist neu für ihn, auf 40 Minuten ausgelegt und verläuft durch den Wald. Außerdem joggt er ausnahmsweise abends und sein Handy liegt zuhause. Seine neue Laufhose hat nämlich keine Taschen und laut irgendeiner Studie ist es ohne sowieso besser fürs Laufen.

Der Nachteil: Ohne Musik auf den Ohren laufen zu gehen heißt, er ist permanent seinen eigenen Gedanken ausgesetzt. Die Worte *was wäre, wenn nicht* kreisen in seinem Kopf, wieder einmal nimmt der Zweifel überhand, er hinterfragt sein ganzes Leben, seinen Job, seine Lebensziele, seine Kindheit, sein Singledasein, im Grunde seine ganze Existenz. Da aber sich beklagen und nichts wagen, nicht viel bringt, schüttelt er seinen Kopf, um diese Gedanken wieder abzuwerfen. Durch das Gedankenkarussell ist Franz vom Weg abgekommen. Als er das bemerkt, bleibt er stehen und sieht sich um. Er sieht Bäume. Viele Bäume. Ja, eigentlich nichts anderes als Bäume. Kein Weg, Schild oder Ähnliches, was ihm Orientierung geben könnte. Er hat sich verlaufen.

„Mist, nicht mal joggen gehen kann ich", murmelt er und schaut sich um.

Und jetzt? Hier sitzen bleiben und auf Hilfe warten oder alleine den Weg hier raus finden? Oh nein, es dämmert! Er wird panisch. *Es dämmert!*

Okay, er wird den Ausgang aus diesem Wald suchen; aber welche Richtung? Er weiß nicht mehr, aus welcher Richtung er gekommen ist. Soll er um Hilfe rufen? Aber dann hören ihn diese wilden Tiere doch auch? Vielleicht gibt es hier ja Wölfe? Wieso hat er diese Survival-Fernsehshows denn immer weggeklickt? Und was wäre, wenn ...

Egal, beschließt er, *ich gehe jetzt einfach geradeaus.*

Noch immer kreisen seine Gedanken, aber er läuft los. Nein, eigentlich joggt er wieder, man könnte fast schon sagen, er rennt.

„Hey, nicht so schnell. Nur weil man rennt, kommt man nicht unbedingt schneller ans Ziel. Wusstest du, dass man montags am ehesten einen Herzinfarkt bekommt? Ich meine, wir haben Sonntag, also kein Grund zur Unruhe. Außer natürlich, du irrst hier noch länger herum."

Verwirrt bleibt Franz stehen und hält inne.

„Wer ist da?", fragt er, während er sich umsieht.

„Ich", jetzt kommt die Stimme von weiter unten.

Franz erstarrt. Ein Wesen, ungefähr kniehoch, mit großen Augen und einem Schwanz hangelt sich die Äste hinunter, bis es vor dem verdutzten Franz steht. Es ist ein Affe.

„Ich könnte dir helfen aus dem Wald rauszu-kommen."

„Soweit kommt's noch, dass ich einem dummen Affen mehr Vertrauen schenke als mir selbst!"

Franz nimmt seinen Lauf wieder auf. Er läuft

und läuft. Es wird immer dunkler. Längst hat er das Zeitgefühl verloren, als er endlich einen Lichtschimmer entdeckt. Aber dieser ist weit weg und die Dunkelheit ist nah. Abrupt bleibt Franz stehen. Gerade noch rechtzeitig. Er befindet sich an einem Abgrund. Vor ihm erstreckt sich eine tiefe, breite Schlucht. Er bleibt stehen, ratlos in die Tiefe blickend. Was jetzt?

„Sieh dich um und du wirst ein Hilfsmittel entdecken. Das bringt dich auf die andere Seite der Schlucht. Aber sei achtsam und bleib auf deinem Weg. Das ist wichtig!"

Franz kann es nicht fassen. Hat da tatsächlich die alte Eiche direkt neben ihm gesprochen? Oder hat er schon Halluzinationen?

Ob nun echt oder nicht, etwas sagt ihm, dass die Worte bedeutsam sind. Vielleicht ist es das? Dieses Bauchgefühl? Franz blickt sich um und entdeckt in nicht allzu weiter Entfernung einen Baumstamm, der die beiden Enden der Schlucht wie ein Steg zusammenführt.

Einfach drüber, denkt er sich und setzt seinen Fuß auf den Baumstamm. Dann zögert er – und das einen Moment zu lang. Das Gedankenkarussell beginnt sich wieder zu drehen.

Was ist, wenn du da runterfällst? Du wirst es nicht schaffen. Nicht schaffen. Nicht schaffen!

„Stopp!", ruft er in die Dunkelheit hinein und bringt das Karussell damit zum Stehen. „Sag dir selbst das, was du gerade am meisten brauchst.", fügt er laut hinzu. „Also Franz, du schaffst das, du bist nicht mehr der kleine Junge im Sportunterricht, der vor aller Augen vom Barren gefallen ist. Du bist viel stärker und du läufst jetzt einfach über diesen verdammten Steg und kommst sicher an!"

Einige Sekunden später erreicht er die andere Seite. Die nächsten Meter in Richtung Licht geht er einfach nur geradeaus. Erfüllt von dem glücklichen Gefühl, sich überwunden zu haben. Kein *Was-wäre-wenn*, obwohl der Weg ihn durch einen Felsentunnel führt. Doch das Glücksgefühl wird schnell gedämpft. Vor ihm rauscht es. Und je näher er dem Rauschen kommt, desto lauter wird es. Es hört sich an wie? Wasser. Er nähert sich diesem Geräusch, bis er vor einem Fluss steht.

Wieder schaut er sich nach einem Hilfsmittel um und wieder hat er Glück. Eine lange Liane baumelt fast direkt vor seiner Nase. Sie hängt an dem schiefen Baum auf dem kleinen Felsüberhang, unter dem er steht und könnte ihn mit genug Schwung bestimmt auf die andere Seite des Flusses bringen.

Da steht er nun mit der Liane in der Hand, im Grunde bereit, die Sache durchzuziehen. Er hört das Wasser tosen, den Wind wehen und er spürt, wie die nächtliche Kälte in seine Knochen dringt. Seine Knie werden weich, er setzt sich nieder, vergessen ist der Triumph, den er gerade noch gespürt hat. Allgegenwärtig sind die Angst, die Kälte und die Müdigkeit. Franz schließt die Augen, um sie doch in gleicher Sekunde wieder aufzureißen. Immer hat er den einfachen und vernünftigen Weg gewählt. Doch heute muss er sich seiner Angst stellen.

Sein alltägliches Leben ist ihm jetzt so fern, dennoch fühlt er sich sich selbst näher als je zuvor.

Plötzlich hört er ein Knacken. Er schaut sich um, kann aber nichts erkennen.

„Hallöchen", ruft eine Stimme.

Erst als die Gestalt direkt vor ihm steht, erkennt

Franz, um wen es sich handelt. Der Affe!

„Sieht so aus, als bräuchte da jemand doch Hilfe!", sagt der grinsend.

„Ach was", noch immer ist Franz nicht bereit, einem Affen die Führung zu überlassen.

Der Affe schnappt sich das untere Ende der Liane und drückt sie Franz in die Hand. „Also, du hältst dich hier jetzt fest und ich gebe dir genügend Anschwung, alles klar?"

Elegant schwingt sich der Affe auf den Felsüberhang über Franz.

„Ähm, nein? Was ist, wenn ich da reinfalle, also in den Fluss? Außerdem, wann lasse ich los?", fragt Franz.

„Auf drei geht es los, dann nimmst du kräftig Anlauf. Ich sichere dich von oben ab. Los! Oder willst du dich vor mir, einem Affen, blamieren?", tönt es von oben.

Nein. Nur das nicht! Ohne weiter zu überlegen, flitzt Franz los und landet kurz darauf hart auf seinem Hinterteil. Vor Schmerz lässt er die Liane los. Die schwingt zurück. Zwei Sekunden später landet der Affe neben ihm. Da erst begreift Franz: Er ist tatsächlich auf der anderen Seite des Flusses.

Völlig fertig mit den Nerven rappelt Franz sich auf, reibt sich das Hinterteil und atmet schwer.

„Das haben wir doch gut hinbekommen?", sagt der Affe in seine Gedanken hinein.

Franz hebt den Kopf.

„Danke, übrigens dass du mir geholfen hast." Franz lächelt verlegen. „Ich bin übrigens Franz Müller", sagt er und streckt die Hand aus.

„Ich bin Carlos. Einfach nur Carlos. Freut mich, dich kennenzulernen."

Goldene Hochzeit
Heike Scheidhauer

*Lieber Yves, was ist nur passiert? Wir sind unendlich
erschüttert und traurig. Erst vor Kurzem saßen wir
in fröhlicher Runde zusammen, eure Mädels tobten
durch unseren Garten. Konstanze war eine so kluge,
fröhliche und schöne Frau. Zu wissen, auf welch
grausame Art sie sterben musste, ist unfassbar.
Alina und Luisa haben ihre Mama verloren ...*

Ich lernte Yves in der Firma kennen. Ich erinnere mich noch genau an unsere erste Begegnung
anlässlich einer Abteilungsleitersitzung. Zu dieser
Zeit war ich gerade neu in den Betrieb gekommen.
Yves betrat den Raum, alle Blicke richteten sich
auf ihn. Er begrüßte die Runde mit fester, dunkler
Stimme. Groß, schlank, gutaussehend, charmant
und charismatisch, so mein erster Eindruck.
Seine Frau Konstanze arbeitete auch bei uns, in
einer anderen Abteilung. Beide hatten zwei kleine
Mädchen, sechs und vier Jahre alt. Sie wohnten
in einem Einfamilienhaus, in einem kleinen Ort
in beschaulicher Lage unweit des Rheins auf der
Schweizer Seite. Alles wie bei uns. Wir freundeten
uns an und trafen uns manchmal zum Grillen.
Ich mochte Yves sehr. Er war ein Geschichtener-
zähler. Ob die Geschichten wahr oder frei erfunden
waren, behielt er für sich. Vielleicht wusste er das
nicht einmal selbst.

An einem Freitag im August feierten Yves Eltern
ihre Goldene Hochzeit. Weil es das Jubiläumspaar

so bequem wie möglich haben sollte, wurde das Fest im Ochsen, dem Landgasthof unweit von Yves Elternhaus, geplant. Die beiden waren nicht mehr so gut zu Fuß und wollten – gesundheitlich angeschlagen - auch nur ungern ihr Zuhause im Schwarzwald verlassen.

Yves: „Wie verbleiben wir für Freitagabend und Samstag?"

Konstanze: „Alina und ich fahren am Abend nach dem Fest mit einem Taxi heim. Du behältst das Auto. Da du ja mit Luisa bei deinen Eltern überachten möchtest, gehe ich am Samstagvormittag schon mal allein mit Alina an ihre Voltigier-Aufführung. Ihr könnt doch dann nachkommen. Bis Alina an der Reihe ist, wird es eine Weile dauern."

Als die Kantonspolizei am frühen Samstagmorgen gegen sechs Uhr am Haus der Familie eintraf, saß Alina bleich und zusammen gekauert vor der Haustür. Das Schlafzimmer in der oberen Etage bot ein Bild der Verwüstung. Abgerissene Vorhänge, ein umgekippter Stuhl. Bücher und Zeitschriften verstreut auf dem Boden. Die Tote lag auf dem Rücken im Ehebett und zeigte Würgemale am Hals. Sie trug ein T-Shirt und einem Slip.

Alina hatte die Polizei angerufen. Danach sprach sie monatelang kein Wort mehr. Niemand wusste, ob sie den Streit in der Nacht mitbekommen oder erst am Morgen ihre Mama leblos im Bett aufgefunden hatte. Das Einfamilienhaus der Familie war jetzt also ein Tatort. Es gab keine Einbruchsspuren. Die Haustür und auch die Terrassentür waren unbeschädigt. Alle Fenster des Hauses waren verschlossen, die Rollos teilweise heruntergelassen.

Bis auf die Verwüstungen im Schlafzimmer sah alles ganz normal aus. Im Wohnzimmer auf dem Teppich hatten die Kinder einen Reiterhof, eine Koppel und ihre Spielzeugpferde aufgebaut. Den Kühlschrank zierten Bilder, die Werke von Alina und Luisa aus dem Kindergarten. In der Diele stand der neue Schulranzen für Alinas bevorstehende Einschulung bereit. Die Spurensicherung fand keine Hinweise darauf, dass eine fremde Person im Haus gewesen ist. Es war nichts gestohlen worden. Einzig verdächtig war der Schuhabdruck eines Turnschuhs in Größe 46 auf dem Toilettendeckel des Gäste WC. Wie kam der da hin? Warum sollte jemand auf den Toilettendeckel steigen?

Wochen vergingen. Konstanze wurde beerdigt. Ihr Schicksal und das Schicksal der Familie berührten die Menschen zutiefst. Yves kümmerte sich rührend um seine Töchter. Morgens richtete er ihnen ihre Rucksäcke und brachte sie in den Kindergarten. Er wurde sehr ruhig, zog sich zurück und vermied, über das Geschehene und seine Trauer zu sprechen. Einmal verabredeten wir uns auf einen Kaffee. Noch nie hatte ich Yves derart traurig und wortkarg erlebt. Wir kamen kaum ins Gespräch und tranken unsere Tassen weitgehend schweigend leer. Yves sah mir nicht in die Augen. Es schien, als könne er es nicht. Für mich fühlte sich das seltsam und irritierend an. Zu dieser Zeit begannen erste gemeinsame Bekannte misstrauisch zu werden. Frank, Yves bester Freund, Kollege und sein Trauzeuge sagte: „Glaubst du wirklich, da kommt ein Fremder ins Haus, geht ins Schlafzimmer und erwürgt Yves Frau?"
Unfassbar, was Frank mit dieser Frage zu beden-

ken gab! Er erzählte weiter: „Als ich einmal mit Yves an einer mehrtägigen Weiterbildung war, verhielt er sich auch sehr merkwürdig. Nach zweieinhalb Tagen behauptete er, er habe ganz viel Blut im Stuhl und müsse deshalb sofort abreisen und einen Arzt aufsuchen. Als ich ihn am nächsten Tag anrief, wollte er nicht mehr darüber reden. Er kam auch nicht wieder an unseren Tagungsort zurück. Wenn du mich fragst, ich glaube, er war einfach nur eifersüchtig und wollte deshalb Konstanze nicht allein zu Hause lassen."

Vier Wochen nach Konstanzes Ermordung wurde Yves verhaftet und in die Untersuchungshaftanstalt des Kantons gebracht. Die Kripo hatte herausgefunden, dass der Fußabdruck zweifelsfrei zu einem seiner Nike Turnschuhe gehörte. Die Ermittler der Mordkommission gingen davon aus, dass Yves in der Nacht der Goldenen Hochzeitsfeier von seinem Elternhaus im Schwarzwald nach Hause gefahren war. Dort schlich er sich über das Toilettenfenster herein und wollte seine Frau mit ihrem vermeintlichen Liebhaber in Flagranti ertappen. Es kam zum Streit, in dessen Folge Yves die Beherrschung verlor und seine Frau im Affekt tötete. In seiner Panik verwüstete er das Schlafzimmer. Es sollte wohl nach einem Einbruch aussehen. Er schloss das Fenster im Gäste-WC und verließ das Haus. Inzwischen war es 2:40 Uhr. Yves setze sich wieder in seinen Twingo. Um 2:46 Uhr wurde sein Grenzübertritt von den am Schweizer Zoll installierten Videokameras aufgezeichnet. Genauso wie bei der Hinfahrt um 2:08 Uhr.

Nach sechs Wochen Untersuchungshaft fanden Beamte Yves tot in seiner Zelle. Er hatte sich erhängt. Es gab nie ein Geständnis. Die Kinder wurden von Konstanzes Eltern, die in Norddeutschland leben, aufgezogen.

Nach einer wahren Begebenheit

Auf dem Weg
Kerstin Ott

Als er auf die Straße trat, wusste er noch nicht, dass er heute am Anfang einer ganz neuen Erfahrung stand.

Nervös sah er auf die Uhr. Sollte er vielleicht erst noch seinen besten Freund anrufen, bevor er zum Treffen ging? War er im Begriff, eine große Dummheit zu begehen? Sollte er vielleicht lieber ein paar Tage verschwinden? Dann würde sich alles von selbst erledigen. Oder auch nicht. Ihm schwirrte der Kopf.

Wie so oft wollte er den Weg zur Stadt durch den kleinen Park abkürzen. Aber heute blieb er gleich am Eingang stehen. Sein Blick ruhte auf dem mächtigen Ahornbaum, an dem er sonst achtlos vorbeiging. Als er so dastand, war ihm zum Weinen zumute. Ja, er sollte aufhören zu grübeln. Er sollte einfach mal innehalten und in sich hineinhören. Denn er war mit einer Entscheidung konfrontiert, die sein Leben verändern würde. Selbst wenn er keine traf, wäre ab heute alles anders.

Markus van der Heyden war vor einem Jahr von Lüneburg nach Hamburg gezogen. Als sein Chef ihm damals die Vertriebsleitung Nord anbot, hatte er keine Sekunde überlegen müssen. Mit 47 Jahren endlich eine tolle Position, und das auch noch in der besten Stadt der Welt für Singles. Er genoss sein Großstadtleben von der ersten Minute an.

Auch wenn er spät dran war, hielt ihn etwas davon ab, weiter zu gehen. Stattdessen lehnte er sich mit dem Rücken an den Baum, und je ruhiger seine

Gedanken wurden, desto weiter rutschte er ganz langsam am Stamm hinunter. Nun saß er dort, wo die Wurzeln im Boden verschwanden und spürte, dass er gerade nirgendwo anders sein wollte.

Er war müde. Müde vom vielen Nachdenken, Zweifeln, Grübeln, was die richtige Entscheidung wäre – für alle. Er legte seinen Kopf auf die Knie und spürte, wie ihm Tränen über die Wangen liefen. Er wehrte sich nicht mehr dagegen, er ließ es einfach zu.

„Geht es Ihnen nicht gut? Brauchen Sie Hilfe?"

Markus van der Heyden schreckte auf, hob dabei aber trotzdem kaum den Kopf.

„Nein, Nein. Es geht schon. Ich mache nur eine kleine Pause", brachte er mühsam hervor.

Er lauschte dem Rauschen des Baumes, den Stimmen, die überall im Park lauter oder leiser zu hören waren und fühlte sich sonderbar wohl dabei. Er genoss den Halt, den Schutz und die Geborgenheit, die ihm dieser Ahorn gerade gab. Und noch etwas fühlte er: der Baum bewertete ihn nicht. Er durfte genau so sein, wie er sich gerade fühlte. Innerlich zerrissen, verzweifelt, traurig und vollkommmen überfordert, eine vernünftige Entscheidung zu treffen.

Er hörte, wie sich von links wieder Leute näherten. Wenn die vorbei sind, muss ich aber schnell los, sonst komme ich noch zu spät.

„Hallo. Was machst du da?", piepste ein Stimmchen.

Markus stellte sich taub und reagierte nicht. Kann man mich nicht einfach mal in Ruhe hier sitzen lassen.

„Bist Du traurig?"

Er hob seinen Kopf wie in Zeitlupe und schaute

direkt in zwei große dunkelblaue Kinderaugen. Am liebsten hätte er kurz „Hilfe!" gerufen, so erschrocken war er über die beiden Pupillen so dicht mit ihm auf Augenhöhe. Er fand keine Worte.

„Warum sitzt Du hier?", fragte das kleine Mädchen hartnäckig weiter.

„Ach, ich war nur etwas müde und habe mich ausgeruht".

„Mein Papa ist auch manchmal müde, wenn es noch hell ist. Aber dann liegt er." Sie beugte sich zu ihm und flüsterte: „Ich bin dann immer ganz leise und lege mich auch da hin, ohne dass er es merkt. Und dann erschrickt er sich, wenn er aufwacht", kicherte sie und hielt sich dabei ihre kleine Hand vor den Mund.

Markus musste kurz auflachen.

„Cosma, jetzt komm!", rief die Mutter des Mädchens gereizt.

„ Tschüüß", flötete die Kleine.

„Bist Du auch ein Papa?", hörte Markus noch, als sie fröhlich zu ihrer Mutter hüpfte.

Als hätte das Lachen ihn aus seiner Lethargie befreit, stand er ruckartig auf. Er fühlte sich eigenartig gestärkt und erleichtert. Das glaubt mir keiner, wenn ich erzähle, dass mir ausgerechnet ein Baum geholfen hat. Er fühlte sich wie verwandelt. Als er sich von ihm entfernte, drehte er sich noch einmal um und musste lächeln.

Es schien als würde der Baum zurücklächeln und ihm sagen: "Ich bin immer für dich da."

Eine sanfte Frühlingsbrise umwehte Markus. Sie roch nach Neuanfang.

Als er zum Treffpunkt mit Susanne kam, saß dort ihre Freundin.

„Hi, wo ist Susanne? Wir sind verabredet!"

„Du hast Nerven, Markus. Du bist spät. Sie dachte, du kommst nicht mehr."

„Wie bitte?? Ich wurde aufgehalten. Es war wichtig. Und? Wo ist sie denn jetzt?"

Schon wieder war ihm zum Weinen zumute.

„Da, die Straße links runter. Immer den Tränen nach," raunte die Freundin.

Als er Susanne eingeholt hatte, waren es nur noch wenige Meter bis zum Eingang der Konfliktberatung. Er sah, dass auch sie geweint hatte.

„Du zuerst", sagte sie leise.

Nicht auszudenken, wenn sie anders entschieden hat als ich. Wie stehe ich dann da? Er dachte an den Baum, an seinen starken Baum, und wurde ganz ruhig und sicher.

„Ja, ich will es", sagte er etwas heiser, aber deutlich.

„Ich auch", schluchzte sie.

Sie kannten sich erst seit drei Monaten. Sie hatten viel gelacht und die Leichtigkeit des Seins in vollen Zügen genossen. Jetzt weinten sie zum ersten Mal miteinander. Natürlich wusste er, dass man Glück nicht festhalten kann, aber einen Glücksmoment schon, dachte er und drückte sie noch ein bisschen fester an sich. Und meinte dabei plötzlich, das Kind schon zu spüren.

Er, es, sie
Barbara Kammerer

Missmutig klappte Florian seinen Laptop zu. Wieder kein kulturelles Ereignis, über das er eine Kritik schreiben konnte. Wieder keine Einnahmen. Seit Wochen ging das jetzt so. Reihenweise wurden Veranstaltungen abgesagt. Die fehlten ihm so. Die Ausgänge, bei denen er Leute traf, mit denen er fachsimpeln oder auch Alltägliches austauschen konnte. Und im Anschluss daran zuhause das Ausformulieren seiner Gedanken zum Stück, das er gesehen hatte. Es war gleichermaßen zum Aus-der-Haut-Fahren wie lähmend. Für einen Essay, in dem er seine eigene Sicht auf die Corona-Pandemie darlegen wollte, fehlte ihm aktuell der Antrieb. Vielleicht auch der Mut? Lara, Anästhesistin im städtischen Krankenhaus, sah die Situation grundlegend anders als er.

„Hallo, Liebling, wo steckst du denn?", Lara war nach Hause gekommen. Wie immer scheinbar top gelaunt. Er setzte seine entspannte Maske auf, ging ihr entgegen und nahm sie in den Arm.

„Wie war dein Tag? Hast du deine Grobgliederung schon im PC?" Das war die falsche Frage, gleich zu Beginn.

„Nein, ich war mir noch unschlüssig, meine Gedanken sind noch zu wirr...". Er gab sie frei und ging vor ihr her in die Küche.

„Sag bloß, die Kleine schläft um diese Tageszeit?" Sie klang vorwurfsvoll.

„Nein, sie ist zum Spielen bei unserer Nachbarsfamilie." Er bemühte sich, dies ganz beiläufig zu sagen.

„Wo ist sie?" Ihre Stimme überschlug sich fast. „Was fällt dir denn ein? Tagaus tagein wiederhole ich, dass wir das Virus unter keinen Umständen hier in unserer Mitte brauchen können und dass wir darum zu Hause bleiben!"

"Wir bleiben zuhause, ist gut! Du gehst in die Klinik und bist dort eher in Gefahr, das Virus einzufangen als wir hier in unserer Hausgemeinschaft unter dem Lockdown."

„Ja, aber meine Kompetenzen und mein Einsatz werden aktuell dringend gebraucht. Und aus diesem Grund muss ich gesund bleiben! Wie kannst du mir so eine Rücksichtslosigkeit antun! Mein Tag war stressig, wie könnt's auch anders sein in der aktuellen Situation..."

Natürlich! Frau Doktor gehörte nun zu den systemrelevanten Menschen, zu den Heldinnen des Tages! Wie konnte er das nur vergessen. Solange sie draußen im Leben stand, war sie die Strahlende. Kaum schloss sich die Wohnungstür hinter ihr, fiel sie in sich zusammen. Aus der Leistenden wurde die Fordernde.

Und er? Den ganzen Tag mit einem bewegungsfreudigen Kleinkind zuhause gestalten. Hatte das nicht auch etwas Heldenhaftes? Und waren nicht der Kontakt und das Spiel mit Gleichaltrigen für ein Kind lebensnotwendig?

„Hör zu, ich mixe uns jetzt erst mal einen Aperitif, für dich zum Ankommen. Dann bestelle ich zum Essen Sushi in deinem Lieblingsrestaurant." Es war ein Versuch, die graue Wolke aus dem Zimmer zu schieben. Er ging in die Küche.

„Etwas Selbstgekochtes wäre auch nicht schlecht gewesen", maulte sie in seinem Rücken.

Irgendwie hatte sie ja Recht, auch er hätte Lust auf frischen Salat und Gemüse vom Markt gehabt. Da war aber diese Lähmung, die die Epidemie-Einschränkungen bei ihm auslösten. Woher sollte er die Energie und die Freude nehmen, wieder aktiver am Leben teilzuhaben. Am liebsten wäre er jetzt in der Küche geblieben und hätte - was getan? Getobt, mit Geschirr um sich geworfen oder geheult? Unvermittelt ein Geistesblitz, ein klares inneres Bild: das Ferienhäuschen seiner Eltern an der Ostsee! Warum fiel ihm das gerade jetzt ein?

„Voilà, dein Lieblingsaperitif. Chin-chin!" Er setzte sich neben Lara auf die Sofalehne.

„Was ist denn das!? Du könntest doch wissen, dass ich diesen Hugo nicht mehr ertrage, seit wir auf Verenas Hochzeitsfest dieses klebrig süße Gemisch trinken mussten. "

„Tut mir leid! Vielleicht ein kühles Bier?" Er stand auf, um sein verrutschendes Gesicht unbeobachtet wieder auf normal zu bringen.

Sollte er jetzt Sushi bestellen oder war der Abend ohnehin gelaufen? Es würde wie so oft einfach Brot, ein paar Oliven und Käse geben. Sofern der Kühlschrank sie noch ausreichend damit versorgte.

Lara kam in die Küche und machte sich am Kühlschrank zu schaffen. Sie hatte sich wohl gegen Sushi entschieden. Na dann!

„Ich hole jetzt Lydia. Sie freut sich darauf, von dir die Gutenachtgeschichte zu hören." Ein weiterer Versuch, eine alltägliche Stimmung zu schaffen.

„Du gehst sie dann direkt waschen und machst sie bettfein."

Das war ein klarer Befehl. Wie redete sie eigentlich mit ihm?

Wenige Minuten später war er zurück mit Lydia, die an seiner Hand tanzte und ganz aufgeregt von ihrem Nachmittag mit den Zwillingen aus der Nachbarwohnung erzählte.

„Komm Schätzchen, wir gehen gleich ins Bad, waschen dich gründlich und ziehen dir den Schlafanzug an." Er redete ungewöhnlich laut. Wollte er sein Unwohlsein mit dieser Pflichtübung übertönen oder lediglich „Vollzug" melden?

Lydia hatte die ganze Zeit weiter geplappert und rannte nun zum Esstisch, wo Lara ungeduldig wartend saß. Schon hing die Kleine am Hals ihrer Mutter, die sich bei dieser stürmischen Umarmung sichtlich unwohl fühlte. Dieser Anblick gab Florian einen derart heftigen Stich in die Herzgegend, dass er seine Idee ohne Einleitung vorbrachte:

„Du, Schatz, ich könnte doch mit Lydia für zwei, drei Wochen in das Ferienhäuschen meiner Eltern fahren. Ein bisschen Tapetenwechsel und frische Luft um die Nase wären für mich und die Kleine eine Wohltat. Du kannst dir nicht vorstellen, wie ermüdend es ist, immer zuhause zu sitzen. Du hättest hier Ruhe, könntest abends ungestört loslassen...".

Und ohne auf Laras Reaktion zu warten, fügte er hinzu: „Ich geh' jetzt packen..."

Der leere Fleck - Corona sei Dank

Renate Griesser

Die Erinnerung an das helle Viereck, die leere Stelle im großen Kunsthaussaal in Zürich, wo früher das Gemälde „Das Mädchen mit dem Perlenohrring" von Jan Vermeer hing, hatte ihn nie mehr losgelassen. Im Gegenteil, sie hatte an Bedeutung gewonnen. Das Vermeerbild, das so lange zu seinem Leben gehört hatte, war nun auch verschwunden. Er weiß nicht weshalb und wohin. Doch dieser Umstand passt in seine Gegenwart, symbolisiert sie sogar. Nichts ist mehr wie es war.

Über dieses Bild schiebt sich eine andere Erinnerung, läuft ab wie ein Film, als stünde er neben sich. Der frühere Mattias von Hadlaub in seinem Leinenblazer, den weißen Strohhut mit schwarzem Band den sommerlichen Temperaturen gemäß auf dem Kopf, wendet sich seiner Begleiterin Rita zu, die dem Kulturanlass wegen im luftigen schwarzweiß gemusterten Etuikleid neben ihm steht. Beide sind seit geraumer Zeit ein Paar. Sie lieben Zürich, diese gepflegte Stadt mit Seeblick und verschneiter Alpenkette, den modernen Stadtteil Zürich-West mit dem Bluetower, die Trams, die zuverlässig von A nach B rauschen, den klassizistischen Bahnhof, Eingang zur berühmten Bahnhofstrasse.

Mattias, Pilot bei der Swiss, stillt seine Reiselust beim Fliegen über den Wolken. Er kehrt aber auch immer gern in seine Attikaloft in der Innenstadt zurück. Dort lebt er mit der braunen Pudeldame Pauline, die von Rita gehütet wird, wenn er on air ist. Rita wohnt in einem modernen Appartement in

Zürich-West nahe dem Bluetower. So ist sie schnell in der Tonhalle, wo sie als Cellistin im Orchester angestellt ist. Die Hündin und Rita verstehen sich gut. Pauline jault nicht, wenn Rita den Bogen führt, und Rita sagt immer, sie freue sich darüber, etwas von Mattias bei sich zu haben. Wenn er zuhause ist, genießen beide Sushi und Misosoup in den zahlreichen Japanrestaurants in Zürich, nippen am heißen Sake und füttern sich gegenseitig mit Essstäbchen.

Rita liebt den sonoren Klang des Cellos seit ihrem fünften Lebensjahr. Als ihr die begehrte Stelle im Tonhalle-Orchester angeboten wird, ist sie überglücklich. Auch sie kann mit dem Orchester in fremde Länder reisen, gerade kommt sie von einer Konzerttournee aus Japan zurück, der neue blauseidene Kimono mit roten Kranichen bringt frischen Schwung in ihr Liebesleben.

Ja, und dann kommt Corona angeflogen. Der Hotspot im nahen Bergamo lässt auch die Schweiz wanken, eine Ausnahmesituation mit Grenzschließung, Ausgangssperren, Hygienemaßnahmen. Flughäfen, Konzertsäle, alles wird geschlossen, Mattias verliert seinen Pilotenjob und Rita kommt in Kurzarbeit beim Orchester. Aus dem Radio tönen stündlich Anweisungen und Meldungen aus dem Corona-Hotspot: „Bleiben Sie zuhause, Risikopatienten, über 65 Jahre und chronisch Kranke dürfen nicht Einkaufen gehen." Mattias ist 45 und gehört nicht zu einer Risikogruppe, aber sein Job ist weg, alle Flüge ab Zürich sind gestrichen. Die Toten stapeln sich bald auf den Friedhöfen rund um Bergamo. Todesangst vor Ansteckung greift um sich, nur Isolation kann Leben retten. Mattias denkt intensiv darüber nach, seine frühere Malerei wieder aufzunehmen. Er geht viel ins Museum, um sich inspirieren zu lassen. Damit entfaltet der leere Fleck im Kunsthaus eine immer intensivere Wirkung. Das Mädchen mit dem Perlenohrring, dieser Teil seines früheren Lebens, fehlt ihm mit jedem Tag mehr.

Als er mit Rita darüber spricht, erinnert sie ihn daran, dass er früher viel Freude am Kopieren alter Gemälde hatte: „Kopien zu malen ist doch deine Spezialität."

Mattias nickt begeistert. „Ja, der Gedanke kam mir auch schon. Das Mädchen mit dem Perlenohrring von Vanmeer reizt mich sehr. Da habe ich richtig Lust dazu, Leinwand und Pinsel heraus zu holen. Das Kunsthaus wäre gegebenenfalls daran interessiert, eine Kopie des Vermeers an die leere Stelle zu hängen. Das brächte uns auch einen finanziellen Zuschuss und meine freie Zeit nutze ich so sinnvoll."

Rita bleibt die Luft weg: „Ein verrückter Gedanke, aber wenn ich mich an deine früheren Werke erinnere, du hast Talent als Maler."Mattias freut sich: „Toll, ich kaufe Farben ein!"

Die nächsten Wochen taucht Mattias ein in die Farbwelt von Lapislazuli, seltenem Purpurrot, gebranntem Siena und Zinkweiß. Er hat sich vorgenommen, auf eine alte Leinwand von jener Zeit zu malen und die damals üblichen Farben zu verwenden. Er muss lange suchen, bis er weiß wo er dies alles herbekommt. Einige Farben rührt er nach alten Rezepten selbst an.

Pauline liegt bei ihm neben der Staffelei und bekommt dabei einige Farbtupfer ab während er malt. Rita spielt auf dem Cello um den Künstler in

Stimmung zu bringen.

Mattias merkt es beim Ohrläppchen der jungen Frau. Es verschwindet immer wieder, ein Nebel verwischt die Sicht. Zunächst sagt er Rita aber nichts. Er geht zu Dr. Vogel, einem Augenarzt.

Danach klingelt er Sturm bei Rita, er muss schnellstens mit ihr reden. „Etwas Schlimmes ist passiert. Ich verliere mein Augenlicht" bricht es aus ihm heraus, kaum, dass sie die Wohnungstür geöffnet hat. „Was verlierst Du? Nun mal langsam. Hast du Panik durch dieses Coronazeugs bekommen?"

„Nein, der Arzt hat eine chronische Makuladegeneration diagnostiziert. In ein paar Wochen bin ich blind, blind, Rita!", schreit Mattias.

Rita setzt sich auf den nächsten Stuhl, atmet schwer. Pauline sitzt neben ihr und schaut sie aufmerksam an. „Mein Gott, das ist ja schrecklich! Du liebst doch die Farben so sehr, Du bist so ein Augenmensch, Mattias."

„Ja, so möchte ich nicht weiterleben. Nichts mehr sehen zu können, immer auf Hilfe angewiesen zu sein. Nein, das kann ich nicht, das will ich nicht!"

Rita wird aschfahl und schweigt, Tränen laufen ihr übers Gesicht. Mattias kann sehen, dass sie nicht weiß was sie sagen soll, dass sie angesichts seines Schreckens einfach keine Worte findet. Schließlich schiebt Rita ihren Stuhl neben den von Matthias und nimmt schweigend seine Hand. Pauline schwänzelt zu Mattias hinüber und setzt sich schließlich zwischen beide.

Die Stille hängt schwer zwischen Ihnen, nur unterbrochen durch das Atmen Ritas und das Hecheln der Hündin.

Nach langem Schweigen sagt Rita: „Was meinst

Du Mattias, wir ziehen zusammen, ich erweitere meinen Orchesterjob mit Celloschülern, so kämen wir finanziell gut über die Runden. Und Pauline wird zur Blindenhündin ausgebildet. Findest Du nicht, dass es höchste Zeit ist, ein gemeinsames Leben zu starten? Jetzt gerade!"

Pauline klopft heftig mit dem Schwanz auf den Boden. Sie ist einverstanden.

Der goldene Elefant

Katja Hagemann

„Ich versuche mir vorzustellen, wer ich heute sein würde, wenn ich es damals einfach riskiert hätte."

Das ist der letzte Satz, den Jula in Dörtes altem Tagebuch lesen kann. Die folgenden Seiten waren herausgerissen worden, was an den Papierfitzeln zu erkennen ist, die zwischen der letzten Seite und dem Bucheinband stecken geblieben sind.

„Was hätte sie denn riskieren wollen?", fragt sich Jula aufgeregt. Und wieso hat ihre Mutter ihrer Familie nie davon erzählt, dass sie nach dem Abitur ein Jahr in Südafrika verbracht hat? Sie war damals genauso alt gewesen, wie Jula es jetzt ist.

Gedankenverloren starrt Jula aus dem Fenster. Das Quietschen des Gartentors lässt sie aufschrecken. Sie legt das Buch zurück in die Schublade des Schreibtisches im Arbeitszimmer ihrer Mutter. Eigentlich hatte sie nur nach einem Klebstift gesucht, den sie in der Schreibtischschublade vermutete und war dabei auf das kleinformatige Büchlein gestoßen, das ihre Neugier geweckt hatte. Jula fährt mit ihrem Zeigefinger über den in Gold eingeprägten Elefanten auf dem dunkelblauen ledernen Einband. Dann verlässt sie rasch das Zimmer und geht leise die Treppe hinunter, wo ihre Mutter gerade ihre Tennistasche in den Garderobenschrank räumt.

„Hi Ma! Na, gewonnen?", ruft Jula ihr zu.

Dörte fährt herum. „Mensch Jula, musst du mich so erschrecken?"

„Sorry!", murmelt Jula schuldbewusst, was aber

eher ihrem schlechten Gewissen wegen der Schnüffelei in Dörtes Tagebuch geschuldet ist. „Können wir reden?", erkundigt sie sich zögernd bei ihrer Mutter.

„Ja, aber lass uns in die Küche gehen. Ich brauche dringend was zu trinken", erwidert Dörte. Ein paar Minuten später sitzen sich beide am Küchentisch gegenüber.

„Also, was gibt´s?", fragt Dörte ihre Tochter, die ungeduldig mit ihrem Stuhl hin- und her kippelt.

„Weil ich ja wegen Corona nicht nach Australien gehen konnte, möchte ich im Herbst für ein halbes Jahr nach Brasilien. Es gibt da eine große Aktion von Greenpeace zum Schutz des Regenwaldes mit einem Camp für die Aktivisten, und ich hab´ mich als Helferin für das Kochzelt beworben." Julas Stimme überschlägt sich fast vor Begeisterung.

Vor Dörtes innerem Auge steigen die Bilder der letzten Nachrichtensendungen auf: Brandrodungen im Regenwald, Proteste gegen die Regierung Bolzenaro in den Städten und riesige Gräberfelder auf denen tausende von Corona-Opfern notdürftig verscharrt werden. Und ausgerechnet dort will ihre Tochter hin!

„Ich glaube nicht, dass das eine gute Idee ist, Jula. Überleg doch mal! Gerade jetzt ist Brasilien wirklich nicht der Ort, an den man gehen sollte. Kannst du dir vorstellen, welchen Gefahren du dich da aussetzt? Außerdem solltest du dir lieber Gedanken über deine berufliche Zukunft machen. Hast du dir schon den Studienratgeber angeschaut, den ich dir gegeben habe?"

Jula verdreht die Augen. „Hätte ich mir denken können, dass du so reagierst! Für dich zählt nur, dass deine Tochter mal einen akademischen Abschluss hat. Aber das ist mir so was von egal!", braust Jula auf. Da sie ihre Mutter aber gerade jetzt nicht gegen sich aufbringen möchte, zügelt sie sich. „Ich könnte da echt an einer wichtigen Sache mitwirken und total spannende Erfahrungen machen. Und du hast doch auch...!" Jula beißt sich auf die Lippen. Auf keinen Fall darf sie jetzt preisgeben, dass sie von Dörtes Afrikaaufenthalt weiß.

„Ich habe was?" Ihre Mutter hebt fragend die Augenbrauen.

„Du, du hast doch auch immer gesagt, da-dass es wichtig ist, etwas Sinnvolles zu tun!", stottert Jula.

„Ja, genau. Und jetzt nach Brasilien zu gehen, ist eben nicht sinnvoll! Das ganze Land ist in Aufruhr, der Präsident ist ein machtbesessener Selbstdarsteller und die Pandemie hat schon tausende Menschen das Leben gekostet."

„Afrika war bestimmt auch nicht grade ein Paradies!", rutscht es Jula heraus.

„Afrika? Wie kommst du denn jetzt auf Afrika?" Dörte nimmt selbst wahr, dass ihre Stimme ungewohnt schrill klingt.

„Na du bist doch in Afrika gewesen. Und da warst du auch nicht älter, als ich es bin. Warum hast du eigentlich noch nie davon erzählt?" Jula hat sich entschlossen, die Flucht nach vorne anzutreten.

„Woher weißt du...?" Dörte hat den Satz noch nicht ausgesprochen, als ihr die einzig mögliche Erklärung in den Sinn kommt. Ihr Tagebuch! Jula hat in ihren Sachen spioniert und dabei ihr Tagebuch gefunden. Und sie hat es gelesen! Dörte bleibt einen Moment lang die Luft weg.

„Sorry, Ma! Ich wollte nicht schnüffeln. Ich brauchte einen Kleber und hab in deinem Schreibtisch danach gesucht. Und dann lag da dieses Büchlein mit dem Elefanten drauf". Den letzten Satz murmelt Jula nur noch. Sie hat den Kopf gesenkt. Ihre langen braunen Haare fallen vor ihr Gesicht, das sich vor Scham rot färbt.

Dörte spürt heißen Zorn in sich aufsteigen. Der Vertrauensbruch ihrer Tochter macht ihr zu schaffen. Ihr Mutter-Ich versteht aber auch, welche Fragen und Zweifel Jula jetzt beschäftigen. Sie braucht einen Moment, um sich zu fassen. „Na gut", seufzt sie schließlich. „Da es jetzt nun mal passiert ist, ist es vielleicht das Beste, dir die ganze Geschichte zu erzählen."

Langsam hebt Jula den Kopf. Sie sieht ihre Mutter aus ihren großen dunkelbraunen Augen erwartungsvoll an.

Dörte räuspert sich und nimmt noch einen Schluck aus dem Wasserglas, das vor ihr auf dem Tisch steht. „Ich war in Südafrika, genauer gesagt in Johannesburg. 1993 war das, kurz bevor Nelson Mandela Präsident wurde." Während sie spricht, meint Dörte, die Kakophonie der Geräusche und Gerüche dieser chaotischen Metropole wahrzunehmen: Den beißenden Qualm der vielen offenen Kochfeuer in den Townships, die gutturalen Rufe der unzähligen Straßenhändler, die ihre Waren anpreisen. „Ich hatte gerade das Abitur in der Tasche", fährt sie fort, während Jula ihrer Mutter aufmerksam zuhört. „Ich war damals schon einige Zeit bei der Hamburger Ortsgruppe von Amnesty International aktiv. Wir setzten uns für die Freilassung von inhaftierten Mitgliedern des African National Congress ein. Mandela und einige andere hochrangige Funktionäre hatte das Apartheitsregime nach jahrzehntelanger

Haft freigelassen, aber der ANC war weiterhin verboten. Seine Mitglieder wurden von der Regierung verfolgt und in Foltergefängnissen eingesperrt." Dörte erinnert sich gut daran, welche Empörung die Berichte, die Amnesty von dort erreichten, bei ihr ausgelöst hatten.

„Wir hatten Kontakt zu Aktivisten in Johannesburg", fährt sie fort. „Sie baten uns, sie bei der Organisation von Protestaktionen in Soweto und anderen Townships zu unterstützen. Sie hofften, die Beteiligung von weißen Ausländern würde dafür sorgen, dass die in- und ausländischen Medien von ihrem Kampf Notiz nehmen und darüber berichten." Dörte fährt sich mit der Hand durch ihre hellblonde Kurzhaarfrisur.

„Wir waren damals alle sehr jung und sehr naiv", seufzt sie. „Wir konnten uns nicht wirklich vorstellen, worauf wir uns da einließen."

„Echt mutig, Ma!", wirft Jula ein.

„Mutig? Na ja. Aus heutiger Sicht kommt mir das Ganze reichlich unbedacht vor."

„Und was ist dann in Johannesburg passiert?", hakt Jula nach.

„Wir waren bei den Familien der schwarzen Aktivisten untergebracht, die selbst in den Townships lebten", fährt Dörte fort und erinnert sich, wie überwältigt sie von der Herzlichkeit und Gastfreundschaft war, mit der sie dort aufgenommen wurde. Und das, obwohl die Lebensbedingungen in den Townships sehr schlecht waren.

„Du kannst dir vorstellen, dass ich mit meinem Aussehen einiges Aufsehen erregte. Damals hatte ich noch lange Haare, so wie du jetzt." Ein leises Lächeln erscheint auf Dörtes Gesicht. „Manche reagierten aber auch aggressiv", nimmt sie den Faden ihrer Erzählung wieder auf. „Es gab anzügliche Zurufe und bedrängende Gesten. Aber ich hatte zum Glück einen Beschützer!" Ein Bild schiebt sich vor Dörtes Augen. Ein breites Lächeln, markante Gesichtszüge, dunkle tiefgründige Augen, eine schlanke schlaksige Gestalt. Simon! Ein Bild, das sie lange Jahre in einen der hintersten Winkel ihres Gedächtnisses gedrängt hatte. Jula entgeht nicht, dass Dörtes Stimme einen weicheren Klang bekommt, als sie weiterspricht. „Simon, war ein paar Jahre älter als ich und der Anführer der Gruppe, die die Proteste in Soweto organisierte. Er war immer an meiner Seite und wies alle in die Schranken, die mir zu nahekamen."

„Und du hast dich in ihn verliebt!", platzt Jula heraus.

Dörtes Gesicht verschließt sich. „Es war alles ziemlich neu und aufregend für mich. Ich hatte das Gefühl, an einer ungeheuer wichtigen Mission beteiligt zu sein. Auf der Seite der Unterdrückten zu stehen und für ihre Befreiung zu kämpfen." Ihre Stimme hat jetzt einen Unterton angenommen, den Jula nicht zu deuten vermag. „Aber dann kam alles ganz anders!" Dörtes Stimme wird leiser.

Jula lehnt sich über den Tisch nach vorne, damit ihr nichts von dem, was ihre Mutter erzählt, entgeht.

„Die Protestaktionen riefen natürlich die Polizei auf den Plan. Bei einer Demo rückte eine ganze Hundertschaft an, martialisch ausgerüstet mit Helmen, Schlagstöcken, Pistolen und Schilden. Und obwohl unser Protest friedlich und gewaltlos sein sollte, wurden auf einmal Steine und brennende Fackeln aus den Reihen der Demonstranten auf die Polizisten geschleudert. Das Ganze eskalierte und artete in eine regelrechte Straßenschlacht aus. Unsere Gruppe wurde von der Polizei eingekesselt und sie trieben uns immer enger zusammen. Auf einmal fiel ein Schuss und direkt vor mir ging ein junger Polizist zu Boden. Er war nicht viel älter als ich. Er sah mir direkt in die Augen, als er fiel. Ich bemerkte so etwas wie Erstaunen in seinem Blick. Als hätte er sich für unverwundbar gehalten. Aber er war es nicht." Dörtes Stimme versagt. Erst nach einer Weile kann sie weitersprechen. „Er ist bisher der einzige Mensch geblieben, den ich sterben sah." Wieder legt sie eine Pause ein.

Jula läuft ein Schauer über den Rücken. „Und wie ging´s dann weiter?", fragt sie schließlich, als sie das Schweigen nicht mehr aushält.

Dörte sieht ihre Tochter an und fasst sich wieder. „Danach brach die Hölle los. Die Polizisten prügelten wild auf uns ein. Dann nahmen sie uns gefangen und brachten uns in einem fensterlosen Transporter in ein Gefängnis. Dort wurden wir Ausländer sofort von den anderen getrennt. Ich konnte noch erkennen, dass Simon aus einer Wunde am Kopf blutete, als sie ihn und die anderen wegbrachten. Ich habe ihn nie wiedergesehen und konnte auch nie in Erfahrung bringen, was aus ihm geworden ist." Dörte kann nicht verhindern, dass ihr Tränen in die Augen steigen.

Jula schluckt. Bisher hat sie ihre Mutter immer eher als kühl und beherrscht erlebt. Ganz im Gegensatz zu ihrer eigenen impulsiven Art.

„Musst du heute noch oft an ihn denken?", fragt sie Dörte. Der letzte Satz in Dörtes Tagebuch kommt ihr wieder in den Sinn: „Und was hättest Du riskieren sollen?"

„Was dort geschehen ist, hat mich noch lange beschäftigt. Simon wollte eigentlich schon vor dieser letzten Aktion für einige Zeit aus Johannesburg verschwinden. Er hatte mich gefragt, ob ich mit ihm nach Lesotho gehen würde, um den Kampf von dort aus weiterzuführen. Aber ich fühlte mich zu jung, um eine so weitreichende Entscheidung zu treffen. Und aus heutiger Sicht, denke ich, dass das richtig war. Aber ich frage mich manchmal, wie es gewesen wäre, wenn ….", Dörte bricht ab und sieht Jula an: „Na, das kennst du ja schon!"

„Tut mir echt leid, Ma! Aber, wow, was für eine Story, die du da erlebt hast!"

„Vielleicht verstehst du ja jetzt ein bisschen besser, warum ich von deiner Idee nach Brasilien zu gehen nicht begeistert bin."

Über Julas Nase bildet sich eine steile Falte, wie immer, wenn sie nicht so recht weiß, was sie denken oder sagen soll. Ihr Handy meldet piepsend den Eingang einer WhatsApp. Sie wirft einen kurzen Blick darauf und springt auf. „Jetzt hätte ich beinahe vergessen, dass ich mit Anne ausgemacht habe, dass wir heute noch einen trinken gehen. Ich muss los! Tschüss, Ma!" Schon ist sie aus der Küche gestürmt und zwei Minuten später hört Dörte die Haustür ins Schloss fallen. In Gedanken versunken bleibt Dörte am Küchentisch zurück. Die Erinnerung an die Vergangenheit hält sie noch gefangen. Ihre Rückkehr nach Hamburg hatte sie in einem Zustand der Benommenheit erlebt. Die Berichterstattung in der deutschen Presse über die Aufstände in Soweto und die Bilder, die davon gezeigt wurden, waren für sie sehr belastend. Und an noch etwas erinnert sie sich jetzt ganz deutlich: das Unverständnis, mit dem ihre Eltern ihr begegneten. Sie waren von Anfang an gegen ihre Reise nach Südafrika gewesen und sahen sich durch die Ereignisse in ihren Vorbehalten bestätigt. Wie einsam hatte sie sich dadurch gefühlt. All ihre Trauer hatte sie in sich verschließen müssen. Sie konnte ihren Eltern dieses Verhalten nicht verzeihen und hatte deshalb den Kontakt zu ihnen abgebrochen. Erst als Jula geboren wurde, hatten sie sich allmählich wieder angenähert.

Das Geräusch eines Schlüssels, der im Schloss der Haustür gedreht wird, reißt sie aus ihren Gedanken. „Ich bin´s!", hört sie die Stimme ihres Mannes rufen.

Und dann steht es ihr plötzlich klar vor Augen: Jetzt ist es an ihr, mit Julas Entscheidung für Brasilien umzugehen! Will sie riskieren, dass auch Jula das Gefühl bekommt, ihre Eltern ließen sie im Stich?

„Was wird Martin wohl zu ihren Plänen sagen?" fragt Dörte sich. Wie sie ihren Mann kennt, wird er vermutlich gelassener damit umgehen.

Kurz bevor Jula hinter der gläsernen Absperrung der Sicherheitskontrolle verschwindet, dreht sie sich noch einmal zu ihren Eltern um. Lächelnd hält sie das dunkelgrüne Moleskin Notizbuch hoch, auf dessen Vorderseite ein goldener Elefant prangt. Dörte hatte ihn eingravieren lassen, bevor sie es Jula kurz vor ihrer Abfahrt zum Flughafen in die Hand drückte. Jetzt sieht sie, wie ihre Tochter ihr damit zuwinkt und gleichzeitig die andere Hand mit gestrecktem Daumen emporreckt. Dörtes Magen krampft sich zusammen und ein Schwindelgefühl erfasst sie. Martin legt seinen Arm um ihre Schultern und zieht sie an sich. „Hey!", raunt er liebevoll in ihr Haar. „Jula kann auf sich aufpassen. Du musst sie ihren Weg gehen lassen!"

„Es ist, wie es ist!", seufzt Dörte und schluckt den Kloß in ihrem Hals herunter.

Von der Freiheit
Kerstin Ott

Wo bleibt er denn nur? Bevor ich mich jetzt wieder über das ewige Zuspätkommen von Lars ärgere, lege ich mich noch ein bisschen hin, entscheidet Linda. Es passiert ihr häufig, dass sie ärgerlich bleibt, bis Lars dann endlich kommt, ihn entsprechend empfängt und nicht versteht, dass er sie nicht versteht – oder umgekehrt?

Jetzt will sie umsetzen, was sie in dem Seminar „Sie haben es in der Hand – lassen Sie los" kürzlich gelernt hat.

Im Grunde genommen ist sie froh, dass Lars noch nicht da ist, so kann sie sich etwas abregen. Sie legt sich auf den warmen Rasen, schließt die Augen und atmet bewusst tief ein und aus.

„Welch` ein Luxus dieser Garten ist. Und wie gut er riecht! Er ist meine Erde, Mutter Erde", flüstert sie zu sich selbst.

Es kommen ihr Bilder davon in den Sinn, wie sich Lars heute Morgen verabschiedet hat. Er tat so merkwürdig geheimnisvoll. Eigentlich mag sie das nicht, sie ist nicht der spontane Typ. Lars hat die Eigenschaft, sie mit Einfällen zu überfahren. Dabei akzeptiert er einfach kein Nein. Nur ruhig Linda, sagt sie sich. Nicht aufregen. Ich werde es schon noch erfahren, denkt sie. Wenn ich nicht mag, was er vorhat, dann werde ich mich dieses Mal aber durchsetzen. Mit diesem Vorsatz sackt sie noch ein wenig tiefer in die kleine Kuhle im Gras und lässt die Gedanken fliegen.

„Hey, da bin ich!", ruft Lars. „Komm, ich habe

eine Überraschung für Dich."

Habe ich's mir doch gedacht, denkt sich Linda.

„Muss das jetzt sein? Es ist doch grad so schön hier."

„Nun komm' schon. Du wirst es nicht bereuen".

Sie mustert ihn skeptisch. Warum zögert sie eigentlich? Was soll schon passieren? Sie weiß, dass sie ihm vertrauen kann. Nun ja, manchmal schießt er etwas über das Ziel hinaus. Aber er meint es eigentlich immer gut. Dennoch, es ist immer Dasselbe: Er denkt, er tut mir etwas Gutes, aber übergeht mich dabei. Wenn ich nein sage, meine ich nein. *Ich* entscheide, ob ich etwas will oder nicht.

Aus dem Seminar klang ihr nach: *Zwischen einem „Nein" und einem „noch nicht" liegen Welten. Wagen Sie den ersten Schritt weg vom Nein und sie werden sehen: es eröffnet sich Ihnen eine neue Welt.*

Linda steht, immer noch etwas unwillig, langsam auf und schaut Lars in die Augen.

Er deutet es als ein Ja und strahlt.

„Na gut. Aber wehe, es ist etwas, was ich nicht will", droht sie ihm mit einem Augenzwinkern.

Lars freut sich wie ein kleines Kind.

Die Strecke, die sie fahren, kommt ihr bekannt vor. Aber mehr auch nicht.

Als sie am Ziel sind, springt Lars schneller aus dem Wagen, als sie Luft holen kann.

„Hey, Ingo. Guck' mal, Linda ist tatsächlich mitgekommen."

Ingo breitet zur Begrüßung die Arme aus. Als Linda auf ihn zugeht, sieht sie, dass Ingo ein Klettergeschirr angelegt hat.

„Klettern? Das ist deine Überraschung? Sag' mal spinnst Du, Lars?"

„Nun stell' dich nicht so an, Liebling. Du hast Deine Höhenangst doch überwunden. Das Seminar hat es voll gebracht – hast du mir zumindest erzählt. Es ist wichtig, dass man gleich dranbleibt und es immer wieder übt, die Angst loszulassen."

„Da stand ich auf einer Leiter, auf einem Balkon und auf einem Dach! Das hier, ist doch etwas vollkommen anderes!"

„Nun, probier's doch mal. Wir sichern dich. Dir kann überhaupt nichts passieren."

Dass Lars sehr gern Klettern geht, hat sie im Laufe der Jahre akzeptieren müssen. Ihre Angst um ihn hat sich inzwischen auch etwas gelegt und wird vor allem jedes Mal komplett unwichtig, wenn er ihr mit leuchtenden Augen vom Gipfel-Glück erzählt.

Ingo nimmt Linda zur Seite und erklärt ihr, wie lange er schon klettert und wie sicher alles ist. Eigentlich würde Linda am liebsten vor Angst weinen.

Sie kann sich nicht genau erinnern, wie und warum, aber plötzlich ist sie im Klettergeschirr an der Felswand und folgt den Anweisungen von Ingo. Das war ihre Bedingung: Ingo nicht Lars. Mit Lars würde sie später abrechnen.

Ist ja absurd, denkt sie kurz vor dem ersten Griff. Loslassen wäre hier eventuell tödlich. Sie würde später nochmal darüber sinnieren.

Sie wiederholt stumm Ingos Worte: „Die Wand hilft dir. Sie gibt dir Halt an der Stelle, an der du sie brauchst. Versuche, sie zu spüren. Und vor allem nicht hasten. Konzentriere dich auf jeden Griff, atme ruhig und schaue nicht nach unten. Immer nur zum nächsten Schritt. Du hast alle Zeit der Welt. Wenn du keine Kraft mehr hast, ruhe dich aus. Wir sichern dich!"

Nach jedem Schritt und Griff wird sie ruhiger und nimmt den Geruch der Felswand wahr. Sie hätte vorher nie sagen können, ob oder wie eine Felswand riecht. Sie duftet erstaunlicherweise erdig. Genial, denkt sie und macht den nächsten Schritt. Auch die Stille nimmt sie intensiv wahr, eine besondere Stille, die mit der leichten Brise perfekt harmoniert. Linda ist erstaunt, wie verschieden Stille klingen kann. Auch darüber würde sie später noch nachdenken. Konzentration!

Plötzlich hört sie Beifall und wird gleich darauf von zwei kräftigen Händen beim letzten Schritt auf den Gipfel gezogen.

„Ach, schon da?"

Noch bevor sie aufrecht steht, wird sie von der Schönheit des Ausblicks erfasst.

„Das ist ja traumhaft", haucht sie.

Jetzt ist ihr nicht vor Angst zum Weinen, sondern aus Ehrfurcht vor der atemberaubend schönen Landschaft, die zu ihren Füßen liegt. Und zwischen den Gipfeln der anderen Berge sieht sie Wolkenfelder aufsteigen. Unter ihr ist alles wie in Watte getaucht. Über ihr leuchtet ein grenzenloser Himmel in purem Blau. Sie ist froh, dass Ingo schweigt. Je länger sie still auf dem schmalen Grat sitzt, desto mehr wird sie von Glücksgefühlen überschwemmt. Freiheit, Schöpfung, Liebe, Loslassen, Mut, Vertrauen – sie wehrt sich nicht gegen die vielen Stimmen in ihr. Als ihr die Tränen kommen, begreift sie. Es ist nur eine einzige Stimme. Ihre eigene. Alles ist in ihr.

„Angst essen Seele auf – so hieß er doch der Film, oder?"

Ingo hob die Augenbrauen und nickte.

Was für ein intelligenter Titel, dachte sie.

Gerade wundert sie sich, wo Lars eigentlich bleibt, da zieht er sich auch schon über den Rand auf den Grat.

„Und? Was sagst Du? Habe ich Dir zu viel versprochen?"

„Tja, manchmal muss man zu seinem Glück gezwungen werden. Darin bist du ja Experte. Aber es war trotzdem nicht ok, mich so zu überrumpeln. Das macht man einfach nicht. Du musst fragen, ob ich einverstanden bin. "

„Aber dann hättest du ja bestimmt nein gesagt. So ist es doch besser."

„Wenn ich Dich nicht hätte", flüstert sie ihm ins Ohr.

Ingo drängt zum Abstieg, damit sie noch vor Einsetzen der Dämmerung wieder unten sind. So schön es auf dem Gipfel auch ist, so sehr ist Linda erleichtert, dass es wieder Richtung Boden geht. Das Abseilen ist wahrscheinlich ein Kinderspiel gegenüber dem Aufsteigen, sagt sie sich.

Ingo mahnt beim Abseilen genauso vorsichtig und konzentriert zu bleiben, wie auf dem Weg nach oben.

Trotz aller Konzentration schweifen ihre Gedanken zurück zum Gipfel. Während sie dem Gipfel-Glück noch nachspürt, rutscht sie mit dem rechten Fuß leicht von ihrem Halt und verfehlt vor lauter Schreck mit der linken Hand den Vorsprung, den sie gerade greifen will. Es geht alles so schnell, dass sie noch nicht einmal schreien kann. Starr vor Angst schwingt Linda am Seil zwischen Himmel und Erde. Sie ist überrascht, wie sanft das Seil wippt. Nun hängt ihr Leben an einem einzigen Seil. Wer hätte gedacht, dass ich mal so eine Erfahrung machen würde, überlegt sie, fühlt sich plötzlich sicher und schwingt noch ein bisschen extra. Ingo und Lars sind ja da.

„Hallo?", ruft sie zaghaft.

Nichts, keine Antwort, kein Laut.

„Hallo!", setzt sie etwas lauter nach.

Wo sind die bloß? Das gibt es doch gar nicht. Machen die sich jetzt lustig über mich und verstecken sich? Mir mal so richtig Angst machen, sehr lustig!

„Hilfe!", ruft sie fast wütend.

Da, endlich! Sie spürt, wie sie zwei kräftige Hände an den Schultern packen.

„Linda! Linda, wach'auf!"

Sie schreckt hoch.

„Lars! Wo wart ihr denn?"

„Wieso wir? Entschuldige, dass ich erst jetzt komme, aber im Büro ging es länger und dann noch der Stau auf der Autobahn ..."

„Ach ja? Dann war das nur ein Traum? Ist ja verrückt! Stell' dir vor, ich war mit Dir und Ingo klettern. Ich war auf dem Gipfel und habe eine atemberaubende Kulisse gesehen, unfassbar schön."

„Na, dann weißt Du ja jetzt, was mich am Klettern so begeistert. Vielleicht machen wir es ja tatsächlich mal zusammen", freut sich Lars.

„Im Leeeben nicht!" platzt es aus Linda hervor. Oder besser – noch nicht – denkt sie.

Lars schaut Linda liebevoll an und gesteht ihr, dass er gar nicht im Stau stand, sondern noch etwas abholen musste. Er gibt ihr eine kleine Schachtel und küsst sie.

„Ein kleines Dankeschön dafür, dass Du den Schritt gemacht hast, deine Höhenangst zu überwinden. Ich weiß, dass du es auch für mich getan hast. Danke, Liebling".

Linda öffnet die Schachtel und sieht den wunderschönen Ring, den sie vor Kurzem gemeinsam in einem Schaufenster gesehen hatten und der ihr nicht mehr aus dem Sinn gegangen war.

„Du bist verrückt! Danke!" flüstert Linda und umarmte ihn heftig.

„Ja, verrückt nach dir. Wollen wir heiraten?"

Um ein Haar hätte Linda geantwortet: „Noch nicht ..."

Von der Magd zum Geist
Nina Karle

Dunkle Nebelschwaden liegen über dem Land. Eine der wichtigsten und anstrengendsten Zeiten hier auf den Helgeringer Höfen beginnt, der Winter muss gut vorbereitet werden.

Mein Magen knurrt und ich würde mich zu gern mit einem kräftigen Morgenbrei für die Arbeit stärken. Aus der Küche höre ich schon das Klappern der Holzschüsseln und das Knistern des Herdfeuers. Trotz des Knurrens meines Magens, möchte ich nicht mit Vater an einem Tisch sitzen. Nicht, nachdem er mich gestern wie einen kleinen Jungen behandelt hat. Mit 19 Jahren seien die Söhne der umliegenden Höfe schon vermählt, hielt mir Vater gestern plötzlich vor.

Früher war er einer der wenigen Väter gewesen, die sich nicht nur um den Ertrag ihres Hofes, sondern auch um das Glück ihrer Familie gesorgt hatten.

Doch mit dem Tod der Mutter war von meinem einst so fröhlichen Vater nicht mehr viel übriggeblieben.

Der Hof wird von ihm, falls überhaupt, nur noch halbherzig geführt. Sogar Knechte und Mägde halten es nicht mehr lange aus und suchen sich andernorts eine Anstellung.

Drei meiner Schwestern hat er in den letzten Monaten schon verbandelt, nur noch meine jüngste Schwester Johanne lebt mit uns auf dem Hof.

Ich hätte mir denken können, dass er auch Heiratspläne für mich schmiedet. Nun hat er mir verkündet, dass ich eine Tochter des Matt-Hofes, heiraten soll, um der Familie kostbare Wasserrechte am Thimosweiher zu sichern. Vielleicht habe ich von seinen Plänen nur nichts mitbekommen, weil meine Gedanken sich viel zu sehr um Gisa drehen. Gisa, die seit drei Jahren hier auf den Helgeringer Höfen lebt, dient als Magd beim Nachbarhof. Immer wieder fällt mir auf, wie wohl ich mich in ihrer Gegenwart fühle. Ich versuche ihr bei ihren Arbeiten zu begegnen, beim Wasserschöpfen am Eisweiher, beim Kräutersammeln im Wald. Gisa bemerkt, dass unsere Begegnungen nicht rein zufälliger Natur sind. Immer öfter halten wir ein nettes Schwätzchen.

Gisa ist sehr schlank, um nicht zu sagen dürr. So dürr mittlerweile, dass ihre Wangenknochen deutlich hervorstehen. Ihre Haut ist fahl und ihre Körperhaltung gleicht abends vor lauter harter Arbeit schon der einer alten Frau. Ich sehe, dass sie in letzter Zeit schwächer und schwächer wird. Solch eine zarte Gestalt ist nicht für die Arbeit als Magd bestimmt. Erst recht nicht so, wie mit ihr umgesprungen wird. Sie schläft auf dem dreckigen Stallboden zwischen dem Vieh. Entlohnt wird sie für Ihre schwere Hofarbeit ab und zu mit ihrem dürftigen Schlafplatz und einem Kanten Brot. An meiner Seite hätte Gisa wenigstens keine schweren Arbeiten mehr zu verrichten. Davon werde ich Sie schnellstmöglich überzeugen.

In der kleinen St. Georg-Kapelle will ich ungestört mit ihr sprechen. Ich hoffe, Gisa kommt auch wirklich.

Endlich stehe ich vor der in die Jahre gekommenen Kapelle und bleibe einen Moment lang wie angewurzelt stehen. Die Neugier überwiegt, ich nehme allen Mut zusammen und öffne die schwere Holztür. Gisa sitzt in der letzten Bankreihe. Außer uns ist niemand in der Kapelle. Ich räuspere mich und setze mich neben sie auf die Bank. Erst als ich Ihren Arm berühre, schaut Gisa mich mit ihren großen dunkelblauen Augen traurig an. Ich ahne nichts Gutes. Aber sie ist gekommen, ganz egal kann ich ihr also nicht sein. Nochmal räuspere ich mich und versuche, endlich ein Wort rauszubekommen. „Ich bin froh, dass du gekommen bist Gisa! Es wird endlich Zeit, dass wir über uns sprechen", flüstere ich.

Sie senkt ihren Blick, zu ihren im Schoß liegenden, Händen. Stille.

Ich versuche es nochmals. „Gisa bitte! Sag mir bitte wovor du Angst hast? Rede mit mir!"

Nach einer langen Pause murmelt sie: „Albin, dein Vater, ... Er wird uns niemals akzeptieren. Er wird dir den Hof nicht übergeben. Die anderen Murger, ... ich werde für sie immer die liedrige Magd bleiben. Und dein Ansehen würde ich nur mit herunterziehen. Das würde ich mir nie verzeihen. Es wäre eine Schande für deine ganze Familie. Nein, ... das kann ich dir nicht antun. Versteh es doch!"

Ich spüre wie die Wut in mir hochsteigt und ich am ganzen Leib anfange zu zittern. „Was interessieren mich denn die anderen? Die sollen sich zum Teufel scheren! Ich gebe dir recht, akzeptieren wird es mein Vater wahrscheinlich nie. Aber was soll er schon machen? Er hat gar keine andere Wahl als mir den Hof zu überlassen. Mach dir bitte darüber keine Gedanken, lass das meine Sorge sein"

Tränen laufen Gisas blasse Wangen hinab. „Die Zeiten werden schwer genug Albin. Wenn dein Vater etwas mitbekommt, wird er dafür sorgen, dass mich Bauer Heinrich sofort von seinem Hof jagt. Wo soll ich dann hin? Wenn sich das herumspricht, wird mich hier kein einziger Bauer als Magd wollen. Und dann noch die Pestilenz, wer stellt denn grade neue Mägde ein? Keiner möchte sich eine junge Magd auf den Hof holen, ohne zu wissen wo sie sich vorher herumgetrieben hat. Albin, lass es gut sein. Das war mein letztes Wort." Noch während des letzten Satzes springt Gisa auf und rennt aus der Kirche, ohne sich noch einmal nach mir umzudrehen.

Seit einigen Wochen habe ich Gisa nicht gesehen. Habe mich, wie ein Feigling, nicht getraut nach ihr zu fragen. Die Glocke der St. Georgs-Kapelle reißt mich aus meinen Gedanken. Schon wieder einer. Seit der schwarze Tod in der Gegend Einen nach dem Anderen krepieren lässt läuten die Glocken ständig. Mittlerweile so oft, dass manche Feldarbeiter nicht einmal mehr für einen Moment bei ihrer Arbeit innehalten, sondern nur mit einem schwermütigen Achselzucken weiter ihre Arbeit verrichten.

Dieses Mal trifft mich das Geräusch allerdings mitten ins Mark. Ich habe ein ungutes Gefühl. Johanne kommt aufs Feld gelaufen. Ihr leerer Blick lässt mich erahnen, was geschehen ist. Die eh schon so schwache Gisa wurde Opfer der Pestilenz. Mein Kopf ist leer, mein Herz schwer. Ich kann es nicht fassen.

Seit Gisas Tod schlage ich mir die Nächte um die Ohren. Ich irre durch den Wald, beobachte Tiere, wie sie die Ruhe der Nacht genießen. Plötzlich wird die Stille von einem leisen Wispern unterbrochen. „Albin" höre ich immer wieder.

Es trifft mich wie ein Schlag. „Gisa? Bist du´s?"

„Albin".

Von Mal zu Mal erscheint mir die Stimme ferner. Es ist nur noch ein leises Hauchen, aber ich bin mir sicher, es ist Gisa! Der Himmel beginnt zu grummeln und von der Stimme ist nichts mehr zu hören. Dunkle Wolken ziehen auf und den ersten Blitzen folgen gewaltige Donnerschläge. Noch völlig benommen mache ich mich auf den Weg nach Hause.

Das Unwetter hält bis zum Morgengrauen. An Schlaf ist nicht zu denken. Alle Männer müssen mit anpacken um die vier Helgeringer Höfe vor den Folgen des Unwetters zu schützen, nur ein alter Stall mitsamt dem Vorratslager ist abgebrannt. Hat mir mein verletztes Herz in der Nacht einen Streich gespielt? Nur darum kreisen meine Gedanken an diesem Morgen.

Keinem kann ich erzählen was ich gesehen habe. Man wird mich für verrückt halten. Und dann würde das geschehen, wovor Gisa mich eigentlich schützen wollte. Nein, ich bin mir ganz sicher, ich werde es keinem erzählen. Gedankenverloren nehme ich die Glocken der St. Georgs-Kapelle wahr und mache mich in Begleitung meiner jüngsten Schwester Johanne auf den Weg zum Morgengebet.

Vor der Kapelle steht eine Menschentraube um eine alte Greisin herum. Im Vorbeigehen nehme ich den Namen von Gisa wahr und bleibe stehen, um genauer hinzuhören. Die Alte will Gisa gesehen haben. Es folgt ein wildes Stimmengewirr, denn sie scheint nicht die Einzige gewesen zu sein. Auch die Bewohner der anderen Höfe wollen sie in der Nacht gesehen haben. Sie geben Gisa die Schuld für den Blitzeinschlag und den darauffolgenden Brand des alten Stalles.

„Wie könnt ihr nur so von meiner Gisa reden? Der schwarze Tod hat sie geholt. Sie ist nicht mehr da, versteht ihr das nicht? Wie soll sie da für eure zerstörten Ernten verantwortlich sein? " platzt es aus mir heraus.

Augenblicklich verstummt das Stimmenwirrwarr und alle drehen sich erstaunt sich zu mir um.

„Was weißt du schon, bist ja nur ein Bub, dem das Maidli schöne Augen gemacht hat", ruft der grimmige Leopold. „Zweifelt ja keiner, dass sie dem schwarzen Tod erlegen ist. Rumspuken tut se allemal!"

Tausend Gedanken rasen durch meinen Kopf. Verteidige ich meine Gisa weiter und ziehe den Zorn und Spott der anderen auf mich oder lass ich es bleiben? Johanne zieht mich am Arm, sie kann wohl meine Gedanken lesen. Sie zischt mir zu: „Komm wir lassen das Morgengebet heute lieber ausfallen".

Meine kleine Schwester scheint wohl die Vernünftigere von uns beiden zu sein. Ich schicke meine Schwester nach Hause. Ich brauche einen Moment für mich.

So schnell mich meine Beine tragen, renne ich das Rothenbächle aufwärts. Völlig außer Atem und mit stechendem Brustkorb lasse ich mich, gelähmt vor Herzschmerz, in eine Wiese fallen. Der Schlafmangel der letzten Nächte holt mich ein und ich falle in einen tiefen Schlaf. Wieder fängt es zu regnen an. Als ich zu mir komme merke ich, dass ich völlig durchnässt im Matsch liege.

Niedergeschlagen schlurpe ich nach Hause. Ich spüre die Blicke der anderen, als ich wieder am Weiler ankomme. Mittlerweile hat es aufgehört zu regnen. Vor der alten Holztür unseres Hofes sitzt meine Schwester zusammen mit Vater auf der Bank. Beide springen auf als sie mich sehen. Johanne rennt schluchzend auf mich zu. „Ich habe mir solche Sorgen gemacht, Albin. Du musst aus den nassen Lumpen raus, sonst holst du dir den Tod."

Meinem Vater ist keinerlei Spur der Erleichterung anzumerken, im Gegenteil, er schnaubt verächtlich und geht ins Haus. Die Holztür schlägt er scheppernd hinter sich zu. Es wäre ihm wohl lieber gewesen, ich wäre nicht mehr zurückgekehrt.

„Die Leute reden über dich, Albin. Sie nennen Gisa das Helgeringer Maidli." Johanne hebt eine Augenbraue. „Das Herumwandeln ihres Geistes versetzt wohl alle, von Bauer bis Knecht, in Angst und Schrecken. Ihr Herumgeistern soll ein schlimmer Bote sein."

Ich lasse Johanne stehen und gehe ins Haus um meine nassen Kleider abzustreifen und mich auf meine Strohmatratze zu legen.

Draußen ist es dunkel geworden, aber wieder kann ich kein Auge zumachen. Wie gern würde ich Gisa nochmal sehen, ihre Hand halten.

Leise schleiche ich mich aus dem Haus und mache mich auf den Weg zum Eisweiher. Dort angekommen, entdecke ich von weitem eine zierliche Gestalt. Je näher ich komme, desto besser erkenne ich die Umrisse von Gisa. Als wäre nichts geschehen, kauert sie am Rand des Ufers und schöpft Wasser. Ich versuche mich zu beherrschen, um ihren Namen nicht zu rufen.

Sie richtet sich auf und dreht sich zu mir. „Grüß dich, Albin! Ich bin es wirklich."

Der Vollmond spiegelt sich im Wasser. Durch den hellen Schein erkenne ich ihr Gesicht. Ihre

Gesichtszüge wirken ungewohnt starr. Alles an ihr wirkt vertraut und doch irgendwie fremd. „Komm zu mir, Albin. Endlich können wir vereint sein. So hast du es dir doch auch gewünscht, oder?"

Ich möchte zu ihr laufen, sie in den Arm nehmen und ihre Wange streicheln, aber etwas lässt mich zögern. Vorsichtig setze ich einen Fuß vor den anderen. Vor ihr bleibe ich stehen und starre sie an.

Gisa streckt mir ihre Hand entgegen. Ich lege meine in Ihre. Ihre Mundwinkel verziehen sich zu einem zufriedenen Lächeln. Die beiden Hände nähern sich langsam Gisas Wange. Sanft drückt sie meine Hand an ihr Gesicht und schließt die Augen. So stehen wir da, minutenlang regungslos.

Aus dem Nichts türmen sich Wolken am gerade noch klaren Nachthimmel. Mit einem Mal reißt Gisa ihre dunkelblauen Augen weit auf, zieht die Luft lange und deutlich hörbar durch ihre Nase ein. Dabei starrt sie mich an, ohne einmal zu blinzeln. Sachte beginnen die Blätter zu rauschen. Das Rauschen wird immer lauter und lauter, bis das Heulen des Windes alles übertönt. Immer noch starrt Gisa mich mit diesem angsteinflößenden Blick an. Ein Schauer läuft mir über den Rücken. Ich möchte hier weg, aber ich kann Gisa nicht loslassen.

Ein Blitz, gefolgt von heftigem Donner, schlägt in den Hof meiner Familie ein. Ich sehe es, beginne mich schrecklich zu fürchten, und doch kann ich mich nicht vom Fleck bewegen. Die zuckenden Blitze treffen einen Hof nach dem anderen, Qualm und Flammen steigen aus den Strohdächern. Ich höre die angsterfüllten Schreie von Mensch und Vieh. Und noch immer kann ich nicht von Gisas Seite weichen. Ich beobachte wie gelähmt das immer größer werdende Flammenmeer. Die Gewalt des Feuers verschlingt Häuser und Menschen. Die Schreie verstummen. Brandgeruch sticht mir in die Nase. Es herrscht Stille, Totenstille. Ich fühle nichts mehr. Keine Angst, keine Trauer, und das, obwohl auch mein Elternhaus inzwischen in Schutt und Asche liegt, verbrannt, so wie meine Familie auch.

„Warst du das?" frage ich und drehe mich nach Gisa um. Ich kann sie nicht mehr sehen. Gerade eben war sie doch noch hier. Ich spüre, wie die Wut in mir hochsteigt. Jetzt habe ich nichts mehr. Keine Gisa, kein Zuhause, nichts... Ich werfe einen allerletzten Blick auf das Trümmerfeld.

Dann wende ich mich ab und laufe davon, einfach fort, unwissend in welche Richtung ich gehen will. Hier hält mich nichts mehr.

Aufgebrochen

Katharina Koch

Der Zug fährt wieder an. Menschen zwängen sich durch die Gänge und Irma schaut der Drängelei zu, als eine ältere Dame neben ihr stehenbleibt:

„Verzeihung, ist hier noch frei?"

Irma lächelt, nimmt ihre Tasche vom Nachbarsitz und nickt: „Bitte"

Die Dame lächelt zurück und beginnt, sich einzurichten, versorgt ihr Gepäck und nimmt mit einem kleinen Seufzer Platz. Nach einer kleinen Weile wendet sie sich Irma zu: „Sie fahren auch bis Stuttgart?"

„Nein, ich muss noch etwas weiter, Richtung Basel."

„Ach so… dann fahren wir ja noch ein Stückchen gemeinsam gen Süden."

Irma betrachtet ihre neue Reisegefährtin unauffällig. Sie wirkt mit ihrem silbrig schimmernden kinnlangen Haar und im lindgrünen Leinenoutfit in ihrer freundlichen Zugewandtheit interessant.

Irma wird neugierig: „Sie kommen aus Stuttgart?

„Nun ja", antwortet ihre Sitznachbarin „ursprünglich komme ich aus Hamburg, dort war ich verheiratet und habe jetzt meine Tochter und meine Enkelkinder besucht. Seit einem Jahr lebe ich in Süddeutschland."

Sie sieht die Irritation in Irmas Gesicht und erklärt: „Als ich mich letztes Jahr von meinem Mann trennte, suchte ich einen großen Abstand zu allem, was mich mit über 40 Ehejahren verband. Alles ließ ich hinter mir: das Haus, gemeinsame Freunde, fragende

Blicke, kritische Bemerkungen und immer wieder die Frage: 'Wie kannst du jetzt, mit 70 Jahren, alle Sicherheiten aufgeben und einfach Deinen Mann verlassen?'"

Das denkt Irma auch. Sie weiß, was es bedeutet: Scheidung vom Ehepartner, zu studieren, ein Kind zu versorgen, den Lebensunterhalt zu sichern und für jede Entscheidung die alleinige Verantwortung in der neuen Lebenssituation zu übernehmen. Doch sie war damals Mitte Dreißig und trotz des emotionalen Wirrwarrs in jener Zeit schien die Welt noch offen und vielversprechend in all ihren Möglichkeiten.

Durch ihre Sitznachbarin wird sie aus ihren Gedanken gerissen: „Übrigens, ich heiße Friederike."

Erstaunt über diese unkonventionelle Vorstellung antwortet sie spontan: „Ich bin Irma."

Sie nimmt allen Mut zusammen: „Wollen Sie mir erzählen, wie diese Entscheidung, Ihr Leben noch einmal ganz neu zu gestalten, zustande kam?"

Versonnen blickt Friederike auf den Gang zwischen den Sitzreihen. Sie wendet sich Irma zu: „Wir hatten viel erreicht in unseren gemeinsamen Jahren. Mein Mann war beruflich erfolgreich und so erwarben wir bald ein Haus mit einem herrlichen Garten, ideal für eine Familie mit einem kleinen Kind. Ich musste nicht arbeiten und kümmerte mich um unsere Kleine und hatte meine Freude an der Einrichtung des Hauses und der Gestaltung des Gartens mit Obst, Gemüse, Blumen sowie lauschigen Plätzchen. Ein kleines Paradies.

Mit der Einschulung unserer Tochter spürte ich mit einem Mal, dass etwas nicht richtig war. Ich hatte wirklich ausreichend zu tun, doch es fehlte mir die Ansprache, ja, ich erlebte einen Tag wie den anderen, einen vielbeschäftigten Ehemann, der sich intensiv um seine beruflichen Belange kümmern musste und deshalb oft wenig Zeit für uns hatte, Hausarbeit, Gartenarbeit, die Betreuung und Begleitung unserer Tochter…ich wollte noch etwas Anderes tun, etwas für mich, vielleicht etwas Kreatives oder etwas Sinnvolles, ich meine… " Friederike bricht unvermittelt ab und blickt auf den Gang, über den ein Servierwagen geschoben wird.

„Kaffee, Wasser, Cola, Kuchen?", bietet der Mann hinter dem Wagen an und schaut aufmerksam umher. Irma und Friederike bestellen sich einen Kaffee und ein Wasser.

„Das kommt mir alles so bekannt vor", murmelt Irma, den Blick auf ihren Kaffee geheftet, sie wendet sich an Friederike: „Und wie ging es dann weiter?"

„Die Jahre schleppten sich dahin, oder nein, ich schleppte mich dahin. Es hatte sich nicht viel verändert, außer, dass unsere Tochter erwachsen wurde und in Süddeutschland ein Studium begann.

Mein Mann war immer noch engagiert im Betrieb und doch war er es, der auf die Idee kam, zu meiner Entlastung in unserem Haus einen Raum zur Untervermietung anzubieten. Für eine geringere Miete sollte etwas Gartenarbeit übernommen werden. So kam Tobias ins Haus, ein Lehrer, der einen Ausgleich zur Schreibtischarbeit suchte. Das funktionierte prima, wir verstanden uns gut. Bald sprachen wir uns mit dem Vornamen an. Wenn es die Zeit erlaubte, saßen wir auch mal bei einer Tasse Kaffee zusammen und unterhielten uns zwanglos, konnten miteinander lachen oder über alles Mögliche diskutieren. Wie habe ich diese Momente genossen! Es wurde mir bewusst, dass ich genau das, miteinander zu lachen und zu reden über Gott und die Welt, so lange Jahre schon vermisste.

Mein Mann konnte das nie nachvollziehen, im Gegenteil, je älter wir wurden, umso schwieriger wurde es mit unserer Verständigung, er wehrte alles ab, was nach Beziehungsklärung und Lösungsideen klang und irgendwann gab ich auch auf.

An einem Herbsttag saß ich im Garten, die Herbstastern blühten und ich dachte an das Sommerfest zu meinem 71. Geburtstag, als Tobias dazu kam.

Er stellte mir völlig unvermittelt eine Frage: ,Wie lange willst Du das noch mitmachen, ist das hier Dein Weg bis ans Lebensende?'

Ich konnte vor Überraschung nicht gleich antworten, doch dann fragte ich zurück: ,Hast du übersehen, wie alt ich bin? Du bist 25 Jahre jünger als ich. Da blickt man anders auf das Leben, wir haben nicht die gleiche Perspektive.'

,Frieda', er nannte mich manchmal Frieda, ,denk doch mal darüber nach. Ich beobachte euren Umgang miteinander nun schon länger und es ist, als sähe ich zwischen euch eine gläserne Wand. Sie bricht nicht ein, im Gegenteil, sie scheint absolut bruchsicher zu sein.'

Ich habe darüber nachgedacht und - ich habe es gewagt. Manchmal hatte ich den Eindruck, dass mein Mann über meine Entscheidung, ihn zu verlassen, eher erleichtert war. Immer noch fragte er nicht nach dem Warum. Er schien es einfach zu akzeptieren. Das war das Schlimmste. Nicht zu wissen, was in ihm vorging, was er fühlte, was er wollte oder wünschte – er kam mir so verloren vor. Ich wurde unsicher, entwickelte Schuldgefühle, abgewechselt von Wut, geriet in Selbstzweifel und habe auch geweint. Aber ich habe meine Entscheidung nicht revidiert.

Tobias half mir bei meinem Umzug. Mein neuer Weg führte mich ganz weit fort in den Süden, denn im Norden, am Rande meines bisherigen Lebens, hätte ich so nicht leben wollen."

„Das verstehe ich jetzt,", sagt Irma nachdenklich „aber was ist mit Tobias, wo ist er denn abgeblieben?"

„Ja, er musste nach Hamburg zurückkehren, sein Beruf lässt es – zumindest momentan – nicht zu, einfach das Feld zu räumen", antwortete Friederike, „aber er würde gerne … "

„Oh, ich muss umsteigen, der Zug fährt gleich ein, wir sind schon in Kassel!" Irma rafft ganz schnell ihre Sachen zusammen und wendet sich an Friederike: „Diese Geschichte hätte ich wirklich gerne zu Ende gehört."

Friederike zieht ein Kärtchen aus ihrer Handtasche, bittet Irma um ihre Telefonnummer, notiert sie und reicht Irma ein zweites Kärtchen: „Da steht alles drauf. Und gute Weiterreise!" Der Zug fährt in den Bahnhof ein und bremst. Irma hastet zum Ausstieg. Sie winkt Friederike vom Bahnsteig aus noch einmal zu, dann verschwindet sie in der Menge.

Irma fragt sich, weshalb diese Erzählung von Friederike sie so sehr beschäftigt. Im Alltagsgeschehen vergeht die Zeit wie im Flug, bis sie eines Tages so deutlich an die Begegnung im Zug denken muss, dass sie zum Hörer greift und Friederikes Nummer eingibt.

Tatsächlich meldet sich eine Frauenstimme: „Mattheus"

Es ist Friederikes Stimme und Irma begrüßt sie leicht aufgeregt mit: „Hallo, Friederike. Hier ist Irma, erinnern Sie sich an unsere Zugfahrt damals, Richtung..."

„Wie schön, dass Sie sich melden, Irma. Ich habe oft an Sie gedacht, doch bei mir überschlugen sich die Ereignisse. So fand ich nie die richtige Stimmung oder Ruhe für ein Telefonat mit Ihnen. Es ist so vieles passiert. Geht es Ihnen gut?"

Sie tauschen sich aus über dies und das, doch dann fragt Irma ganz gezielt nach dem Fortgang der Geschichte von Friederike und Tobias.

Friederike geht darauf ein: „Nun, es war so: Tobias, der auf mich so selbstsicher wirkte, sprach plötzlich in einem Telefonat von der immer stärker auftretenden Unzufriedenheit in seiner Lebenssituation. Aber nicht der Umstand, dass er alleine lebte – er war schon seit längerer Zeit von einer langjährigen Partnerin getrennt – machte ihm zu schaffen. Nein, er erlebte sich zunehmend als eine Marionette in einem Theaterstück, dass er selbst so nicht konzipiert hatte, kurz, er fühlte sich fremdbestimmt, vor allem auch im beruflichen Bereich. Hin- und hergerissen von eigenen Vorstellungen befriedigender Lehrtätigkeit und Vorgaben von „oben", wie er es nannte, wurde ihm bewusst, dass er zunehmend nur noch funktionierte. Und ähnlich nahm er auch sein Umfeld wahr, man war mit Image-Pflege beschäftigt, verhielt sich cool und witzig gegenüber Schülern und Schülerinnen und auch zu den Kolleginnen und Kollegen hatte man im Grunde die gleiche Haltung. Es schien, dass keiner mehr wirklich ehrlich war. Bloß keine Schwächen zeigen, andernfalls könnte man gerupft werden wie ... "

Irma unterbricht: „Aber Ihnen hat er einen neuen Anfang nahegelegt!"

„Ja, das stimmt." Friederike fährt fort: „Ich habe ihn anders erlebt. Der Rebell in ihm hat mich dorthin gebracht, wo ich jetzt bin und es geht mir gut in meinem neuen Leben. In unseren Gesprächen sprach er von seiner Sehnsucht nach Unverfälschtheit, er wollte sich beweisen, noch einmal ganz neu durchstarten, vielleicht in der Entwicklungshilfe, vielleicht auch im Schuldienst. Im Erstberuf Schreiner und als Lehrer mit den Fächern Deutsch und Englisch müsse doch eine sinnvolle Aufgabe zu finden sein. Und mit seinem Faible für das Amazonasgebiet wünschte er sich folglich genau dorthin.

Bevor die traumhafte Natur dort endgültig zerstört sei, wollte er diese fremde Welt, Tiere und Pflanzen mit eigenen Augen sehen. Wollte Antworten: Wie leben die Menschen dort, wie fühlen sie sich im Karussell des raschen Wandels in ihrer angestammten Heimat? Stellt sich diese Farbenpracht und Vielfalt wirklich so dar, wie es in den Medien abgebildet und beschrieben ist?

Das alles erzählte er mir bei seinem letzten Besuch. Dann stand er auf: ‚Frieda, ich werde Dich vermissen. Es hört sich an wie eine Floskel, ist aber keine.'

Ich bat ihn, mir eine Nachricht zu schicken, wie er angekommen sei, wie, wo und was er arbeite. Und, nach einer Pause: ‚Ich werde Dich auch vermissen, Tobias.'

Eine kurze Umarmung. Dann war er weg."

Einen Moment lang schweigen sie beide. Irma spürt eine tiefe Verbundenheit zwischen Friederike und Tobias.

„Aber was dichte ich mir hier zusammen", denkt

sie, „wieso frage ich mich schon wieder..."

„Es vergingen viele Monate, bis ich Post erhielt",
spricht Friederike weiter. „Keine Flugpost und keine
E-Mail. Nein, ein ganz normaler Brief. Tobias schrieb
von den Menschen, die ihm begegneten, von so viel
Gastfreundschaft, wie er sie vorher nie erfahren
hatte, von Hilfsbereitschaft und Armut und der
Dankbarkeit Indigener, die so bereit waren, von
ihm zu lernen. Er schrieb von der Schönheit des
Amazonasgebietes, von großen grüngemusterten
Schmetterlingen, von den Geräuschen des Urwal-
des, die ihm anfänglich den Schlaf raubten, von
ungewohnter Nahrung und unbekannten Ritualen.
Der Brief endete mit den Worten: ‚Ich hoffe, es geht
Dir gut. Ich umarme Dich. Tobias'

Von da an hörte ich nichts mehr von ihm. Ich war
damit beschäftigt, mich in meinem anderen Leben
einzurichten, Menschen zu begegnen, Kontakte
zu knüpfen und neue Interessen zu entdecken.
Die Scheidung und alle wichtigen Dinge waren gut
geregelt worden, es kehrte Ruhe ein.

Vor kurzem habe ich mit wenigen alten Freunden
in einem neuen Bekanntenkreis meinen zweiund-
siebzigsten Geburtstag gefeiert. Tobias kam mir
immer häufiger in den Sinn. Dann dachte ich, wie
töricht ich bin, darüber zu sinnieren, warum ein
weit über zwanzig Jahre jüngerer Mann wohl den
Kontakt abgebrochen haben könnte. Was mag ihm
alles begegnet sein?

Die Türklingel schellte. Noch in Gedanken verloren,
öffnete ich die Tür."

„Tobias!" fällt Irma ihr ins Wort.

„Ja", sagt Friederike, „da stand er vor mir.

„Hallo Frieda", er lächelte zaghaft.

Ich war sprachlos vor Überraschung und spürte, wie die Freude in mir aufstieg. Ich nahm einen veränderten, schmal gewordenen Tobias wahr. Mein Blick blieb an seinem linken Unterarm hängen. Dort, wo eine Hand hingehörte, befand sich eine Art Verband, ein Stoffüberzug.

Er war meinem Blick gefolgt und bevor ich etwas sagen konnte, hob er den Arm: ‚Ich habe mich an einer Liane festgehalten, aber es war keine …' und dann brach es aus ihm heraus: ‚Es gab dort keinen Arzt weit und breit und auch kein Gegengift und somit nur einen erfahrenen Führer, der … ich hörte ihn noch sagen, es sei eine Gelegenheit zur Reifung … ein merkwürdiger Geruch war in meiner Nase und ich konnte nichts sehen, ich konnte die Augen nicht öffnen… es war wie in einem wirren Traum.' Er zuckte mit etwas schiefem Lächeln die Schultern und sah mich an. ‚Es war keine Liane. Ich hatte in eine grüne Jararaca gegriffen. Tödlich giftig.'

Ich öffnete die Tür mitsamt meinem Herzen noch weiter auf: ‚Komm doch herein, Tobias, ich bin so froh, dass Du wieder da bist.' "

Die Autorinnen

Was hat mich motiviert an diesem Schreibkurs teilzunehmen?
Ich schreibe sehr gern und viel, aber nur über Erlebtes. Eine Geschichte zu schreiben mit fiktiven Personen, die miteinander agieren, dabei Spannendes erleben, scheint mir ohne die Unterstützung der Gruppe und der Leiterin unmöglich. Da gab es Blackouts, Schreibblockaden, weil mir einfach nichts einfiel. Über den ersten Satz, der mit Hilfe der Gruppenmitglieder schliesslich zustande kam, kam die Phantasie langsam ins Rollen. Der Protagonist mit Namen entwickelte ein Eigenleben, aus Worten wurden Taten, sein Umfeld und seine Vorlieben verwebten sich zu einer spannenden Geschichte dank Inputs aller Schreibenden.

Renate Griesser

Einer Reihe von überraschenden Ereignissen verdanke ich meine Teilnahme an der online-Schreibwerkstatt. Was dafür nötig war – ein internetfähiges Medium und die Leidenschaft zu schreiben. Die wunderbarsten Frauen mit Ideen und Umsetzungswillen durfte ich kennenlernen. Es war schön und herausfordernd zugleich, gemeinsam mit Wegbegleiterinnen sich selbst und die eigene Geschichte weiterzuentwickeln. Eine bereichernde Erfahrung!

Elena Schellhorn

Wie kommt man einigermaßen gut durch die Krise ? Diese Frage stellte ich mir zu Beginn des ersten Lockdowns im März 2020. Die Antwort lautet ganz klar: durch Kreativität! Wie aber kreativ sein, wenn man sich nicht treffen darf, auf sich allein gestellt ist? Schreiben ist da eine wunderbare Möglichkeit, denn die Gedanken kennen keine Begrenzung durch Abstandsregeln und Kontaktbeschränkungen. Durch das Online-Format entstand eine erstaunliche Verbindung auf der Basis geteilter Gedanken.

Fatima Zobeidi-Weber

 In der VHS wird eine Schreibwerkstatt angeboten, unter der Regie der Schriftstellerin Petra Gabriel! Wir leben gerade in Zeiten der Corona Pandemie und viele sonstige Aktivitäten fallen damit ins Wasser. Warum nicht mal was Neues ausprobieren? Wie entwickelt sich eine Geschichte? Was muss ich beachten? Genau das wollte ich lernen: in entspannter Atmosphäre, zusammen mit sympathischen Gleichgesinnten und unter professioneller Anleitung einer Expertin. Ich wurde nicht enttäuscht! Auch wenn es nicht immer nur einfach war, nach und nach den eigenen Text zu entwickeln und zu verbessern, es hat Spaß gemacht. Und ehrlich gesagt, ich habe Lust auf mehr ....

Heike Scheidhauer

 Schreibwerkstatt: Virulente Geschichten. Diese zwei Stichwörter haben mich spontan angesprochen. Immer schon mal wollte ich ausprobieren, ob ich selbst eine Geschichte schreiben kann. Und das Thema des Schreibkurses forderte mich heraus, mich endlich mit unserer durch Corona veränderten Lebenssituation auseinanderzusetzen. Durch die Anleitung zum Aufbau meiner Geschichte wurde ich von meinen eigenen Ideen abgelenkt, um dann aber, beim Lesen festzustellen, dass unbewusst ganz viel Eigenes eingeflossen ist. Sowohl die Schreibanregungen als auch der Austausch in der Gruppe waren hilfreich und sehr wertvoll.

Barbara Kammerer

 Ein abgebrochenes Auslandsjahr, Missmut über die „verlorene" Zeit und die Aussicht auf 5 Monate endloses Nichtstun beschreibt meine Situation während des Lockdowns. Da kam die Online-Schreibwerkstatt genau richtig! Was anfangs nur eine Beschäftigung war, wurde schon bald, dank der tollen Gruppenatmosphäre, zu einer Leidenschaft. Unter Petras Anleitung entstanden wunderschöne Geschichten die, im Nachhinein betrachtet, oftmals mehr mit einem selbst zu tun hatten als zu Beginn gedacht. Diese Online-Schreibwerkstatt hat mir gezeigt, dass man auch in besonderen Zeiten und ohne reale Treffen eine wahnsinnig tolle Zeit haben kann und ich würde bei jeder Gelegenheit wieder teilnehmen.

Anna-Lena Weber

Wie oft hatte ich mich schon sagen hören „Ich würde gern irgendwann einmal schreiben". Corona, home-office, ohnehin geplantes Auslaufen meiner beruflichen Aktivitäten, Vorfreude Eigenes anzufangen. Was passt dazu besser als ein online-Kurs über das, was ich schon immer machen wollte? Die Schreibwerkstatt kam für mich genau zum richtigen Zeitpunkt. Ich werde ab jetzt nicht mehr aufhören, meinen Fantasien schreibend zu folgen. Es war eine wertvolle Erfahrung, die über die Zeit des Kurses hinaus wirkt. Auch dieses Buch ist ein Beweis dafür, dass man zusammen mehr schaffen kann als man sich zuweilen allein zutraut.

Kerstin Ott

Schon als kleines Mädchen hatte ich mich für die Murger Sagengestalt des Helgeringer Maidlis interessiert. Da die Sage an sich doch recht viel Platz für Spekulationen lässt, war für mich von Anfang an klar, dass sich meine Geschichte im Leben eben dieses Maidlis abspielen soll. Ganz am Anfang des Kurses war ich mir plötzlich überhaupt nicht mehr sicher, habe daran gezweifelt ob ich diese Geschichte zu Ende schreiben kann. Sehr schnell merkte ich allerdings, dass dieser Kurs für mich der „Schubs" in die richtige Richtung war. Das vor allem der Austausch innerhalb der Gruppe so viel Spaß machen wird, hätte ich nicht gedacht. So änderte sich von Mal zu Mal mein persönlicher Blickwinkel auf die eigene Geschichte, bis sie am Ende genau meinen Vorstellungen entsprach.

Nina Karle

Ich hörte den Erzählungen meiner Großmutter zu und ich dachte später immer wieder, dass diese Geschichten aus dem Leben meiner Familie aufgeschrieben werden müssten, um nicht verloren zu gehen. Das Angebot eines Online-Kurses war für mich ideal in dieser „virulenten" Zeit. Ich erhielt das, was ich dringend benötigte: Ansprache und Struktur; Konzentration auf das Wesentliche und Auseinandersetzung mit einem Thema, das nicht „Corona" hieß.

Als ich begann, mit meinen imaginären Hauptfiguren aufzustehen und zu Abend zu essen, fühlte ich mich wie ein Spürhund. Dann lernte ich, zu kürzen. Ich glaube, jede Geschichte entwickelt sich aus den Tiefen des Selbst. Diese Erfahrungen gewann ich im Kurs durch eine sensible und kompetente Anleitung und eine gute Zusammenarbeit der Gruppenmitglieder. Das war nicht die letzte Schreibwerkstatt für mich...

Katharina Koch

Schon lange hat es mich gereizt zu erfahren, wie eine Autorin ihre Themen findet und welches Handwerkszeug es neben der kreativen Inspiration braucht, um eine Geschichte so zu erzählen, dass sich andere davon angesprochen fühlen. Eine Schreibwerkstatt mit Petra Gabriel war für mich deshalb sehr attraktiv! Ich fand es faszinierend, zu erleben wie aus einem spontan ausgedachten ersten und letzten Satz eine Geschichte entstand, von der ich vorher nicht wusste, dass ich sie erzählen wollte, die mir nun aber sehr wichtig ist. Dass die VHS Wehr den Autorinnen auch die Möglichkeit bietet, ihre Geschichte in gedruckter Form zu veröffentlichen und bei einer Lesung „in die Welt" zu bringen, finde ich wunderbar. Denn so verschwinden unsere Geschichten nicht in den Schubladen ihrer Autorinnen, sondern werden einem Publikum dargeboten und können ihre Leser*innen und Zuhörer*innen zum Nachdenken und vielleicht auch zum Nachahmen animieren.

Katja Hagemann

Dank

Unser Dank gilt Petra Gabriel, die es auf ganz besondere Weise vermocht hat, uns auf neue Wege zu führen. Sie hat dieses Experiment eines Online-Schreibkurses mit ihrem Wissen, ihrem Wesen, ihrem Rat und ihrer Inspiration zu einer unvergleichlichen Erfahrung für jede einzelne Schreiberin sowie zu einem gelungenen Gemeinschaftserlebnis gemacht. Dass es bei allen Beteiligten nachhaltig wirkt, beweist das Fortbestehen der beiden Gruppen nach Kursende und die Vorfreude auf den nächsten Kurs.

Ebenfalls bedanken wir uns beim Team der VHS Wehr für die Offenheit und Kreativität, in Corona-Zeiten alternative Formate wie diesen Online-Schreibkurs anzubieten. Im Verlauf des Kurses konnten durch die zeitweiligen Corona-Lockerungen auch Präsenz-Treffen stattfinden, für die Dank der großen Flexibilität der Leitung des Hauses kurzfristig Räumlichkeiten zur Verfügung gestellt wurden. Ganz besonders bedanken wir uns für die Unterstützung dieses Buchprojektes, das ursprünglich nicht Teil des Kurses war.

Die Autorinnen